話

公主府の冬、慶貝勒(けいベイレ)府の春

嘉慶元年～二年

西暦一七九六～一七九七年

北京内城

慶貝勒府の糕點師と、洋式甜心房

乾隆帝が譲位し、第十五皇子の嘉親王永琰が顒琰と改名して、清朝の第七代皇帝に即位。元号もあらたまり、嘉慶帝の時代が始まった。

はずであったが、乾隆帝にとって、譲位とは引退を意味する言葉でも、行事でもなかったらしい。皇帝位は退いたものの、乾隆帝は太上皇帝として院政を敷き、政務から身を引くことはしなかった。

外交や行政の執行には、ほぼすべて乾隆太上皇の承認が必要であり、人事の刷新もなく、朝廷では太上皇の寵臣である軍機大臣の和珅が、相変わらず幅を利かせていた。齢三十六という、心身ともに充実した壮年の盛りであるにもかかわらず、嘉慶帝はその巨体を玉座に据えられただけの、実権のない存在に過ぎなかった。

だが、そのような雲の上の事情は、太上皇の第十七皇子永璘をあるじとする、慶貝勒府の洋式甜心房で働くマリー・フランシーヌ・趙・ブランシュには、さほど影響を与えることはなかった。忙しくお菓子作りに励む日常が過ぎ、気がつけば御世の交代から四季が一巡しようとしていた。

「慶貝勒府においては、嫡福晋(ちゃくふくしん)さまに健(すこ)やかなお姫さまが授かり、私の身の上については太上皇さまからの無茶ぶりもなく、順調に円明園二景の工芸菓子(ピエス・モンテ)も納品できて、嘘(うそ)みたいに平穏な日々」

ある晩秋の午後、その日の業務と洋式甜心房の掃除を終えたマリーは、お茶を淹(い)れてほっと息をついた。この日の午後のお茶請(う)けは、明るいきつね色をしたカヌレだ。

カヌレは真上から見た形が、清国人の好む菊の花に似ている。焦(こ)げているのかと驚かせてしまう固めの外皮と濃い茶色の外見に反して、内側はしっとりと柔らかく、卵黄を多用した鮮やかな黄色も、大輪の菊花を思わせる。こうしたことから、縁起品として贈答用の発注を受けることが多い。しかし、香り付けのラム酒が手にはいらないために、マリーとしては自分自身が納得できる、伝統的なカヌレが作れないでいる。

もちろん、本当のカヌレの味や食感を知らない清国人に、ラム酒抜きのカヌレもどきが好評なら問題はない。むしろ、満洲(まんしゅう)族の知らない洋酒の風味が不評になる可能性もある。いくらかの改変は許されるだろう。

とはいえ、洋酒の風味付け云々(うんぬん)は問題ではなかった。外皮の固さはなんとかならないものか、という意見が出ているのだ。

清国では、西洋のように個々の皿にステーキや骨付き肉を給し、それぞれが自分の皿の上でナイフを使って肉を切り、フォークで突き刺して口へ運ぶ、という食べ方はしない。食材はほぼすべて、調理の段階で一口大に切り分けられているか、細かく刻(きざ)まれている。

食卓では箸(はし)でつまみ上げたり、匙(さじ)ですくったりして食べることが、大前提なのだ。鶏(にわとり)や鴨(かも)の丸焼き、獣肉(じゅうにく)の塊(かたまり)が出されることもあるが、箸で取れるようにあらかじめ包丁が入っている。菓子類も、ほぼ一口で食べられるものか、大きな月餅(げっぺい)や饅頭(マントウ)でも、嚙(か)みきる努力を必要としないものばかりだ。そのため、一口では食べきれない大きさのカヌレの、固い外皮を忌避(きひ)する清国人は少なくなかった。

現在のところは、給仕したり詰め合わせたりするときに、あらかじめ斜(なな)めに切って生クリームやカスタードクリームを添えて出すことで、食べる側の負担を減らす工夫(くふう)をしている。

洋式甜心房の助手で、マリーと同い年の小蓮(しょうれん)が、焼き上がった新種のカヌレをつまみ上げて歯を当てた。可愛(かわい)らしい歯形を残して、口に入れたカヌレをもぐもぐと咀嚼(そしゃく)し、ごくりと呑(の)み込む。

「柔らかくておいしい。色も嫡福晋さまが名付けた『黄菊奶油蛋糕(ホアンジューナイヨウダンガオ)』に合ってる。いつもの黒い奶油蛋糕のカリッとした食感も好きだけど、あっちは時間が経(た)つと固くなっちゃうのよね」

小蓮は片方の手を頬(ほお)に当てて、残りのカヌレを食べ終える。

「どうやって外側を柔らかくしたの？」

「マドレーヌみたいに、蜜蠟の代わりにバターを型に塗って、普通に焼いただけ。外皮の見た目の悪さと固さが、どうにも不評だから、ちょっと変えてみた」

左の拳に左の頬をあずけて、沈んだ口調で首をかしげるマリーを、小蓮が励ました。

「そうなの？　前のままで充分おいしいよ。どんな甜心だって、時間が経てば固くなるのは仕方ないじゃない？」

いつも焼きたてを食べている小蓮には、問題点が見つからないようだ。見た目についても、最初は驚いていたが、慣れてしまえば気にならないらしい。だが、清国人のほぼ全国民が、カヌレという菓子を見たことも味わったこともない。

「固くなった饅頭や花捲は、蒸せばまた柔らかく食べられますけどね」

ふたりの会話に口を挟んだのは、洋式甜心房ただひとりの男性、飴細工職人の甘礼治だ。知らない者が甜心房をのぞけば、四十代半ばのかれが責任者だと、必ず勘違いしてしまう。

甘礼治は乾隆帝に命じられた工芸菓子を制作するために、高度な飴細工の技術を持つ者が必要となり、臨時で雇われた職人だ。それがいつのまにか、フランスパンの作り方まで習得し、気がつけば洋式甜心房の主戦力になっている。

女性の職人が認められていない清国において、娘ほどに年の離れたマリーの下で働いてくれる職人は、希少な存在だ。しかも外国人に好意的でない清国人のほうが圧倒的に多い環境において、嫌悪感や差別意識を見せずに、飄々とした態度で働いてくれる甘礼治はさらに貴重であった。

上流の家庭に特別の縁故を持たぬ一職人が、北京内城のそれも皇族の王府に勤めるという幸運は滅多にあるものではない。飴細工だけで生計を立てていくことに問題はなかったが、さらに見たことも聞いたこともない西洋の菓子やパンを作る技術まで学べる機会を、人生の転機として捉えた実用主義の人物なのだろう。

役付きではないものの、年長であることと、それなりに経験を積んだ職人であることから、いつしか周囲からは甘先生と呼ばれている。

「カヌレも、温め直せば柔らかくなるんだけど」

マリーは弱気な口調で甘先生に応じる。温め直すと言っても、清国には密閉式のオーブンがない。蒸しても味に問題はないはずだが、そうするとカヌレ本来のカリッとした食感が損なわれてしまう。

「まあ、食感よりも、見た目ですかね」

甘先生はふたつめのカヌレに手を伸ばす。目の前でくるりと回し見てから、ぽいと口に入れた。

「それは、高厨師にも言われたの」

マリーは、数日前に後院の膳房に試食を持って上がったときの話を始めた。

「味は悪くないんだが、見た目がなぁ」

肉付きのよい指でこめかみを掻きながら、マリーの上司である点心局局長の高厨師がぼやく。確かに、黒焦げ一歩手前に見える外見に、初めてカヌレを見た人間の食指を動かすことは難しい。

「外側も、この中身と同じ鮮やかな黄色に仕上げることはできないのか」

マリーの天敵である、点心局第二厨師の王厨師が意見を挟む。

王厨師は、まだ慶貝勒府に厨房がひとつしかなかった当時、マリーが王府で働き始めた二、三ヶ月あとになって雇われた経験豊富な中堅の厨師だ。そして、マリーにとって災難であったことに、典型的な男尊女卑かつ外国人嫌いの清国人であった。初対面の瞬間からマリーを毛嫌いして無視しただけでなく、王府じゅうを震撼させたアーモンド騒動を起こして、一時はマリーを厨房から追い出すことに成功した。

マリーが永璘とその養母である穎妃のはからいで、新しくできた満席膳房の点心局に戻ることが許されてからも、無視でなければ嫌みを浴びせる日常を貫いた。

王府のあるじである愛新覚羅永璘から、直々にマリーを徒弟として受け入れるように命じられた古参の高厨師でさえ、はじめはマリーをどう扱ったものか戸惑い、悩んだという。他所で経験を積み、中堅の厨師として雇用された王厨師にとっては、外国人で女性のマリーは厨房を蝕む異分子でしかなかったようだ。

女性や外国人に差別意識を持たない、あるいは抱えていても表に出さない甘先生が、むしろ珍しい存在なのだ。

これまで、絶対にマリーを認めようとしてこなかった王厨師が、洋菓子が清国人に受け入れられるようにと、前向きな意見を言ってくれた。年月の力は偉大だ。

マリーが高厨師の下で五年働いたのち、洋式甜心房を任されてからも、宮廷点心における花鳥の繊細な工芸菓子を得意とする王厨師についての修業は続いて、さらに二年が過ぎようとしていた。

大嫌いなマリーに、自分が長年培ってきた技術や知識を伝授するのは、王厨師にとっては大変な苦痛を伴う日々であったに違いない。実際のところ、王厨師はまったくもって丁寧でも親切でも、そして熱心でもない師匠であった。だが、とげとげしい口調でこめかみを引きつらせ、ときに辛辣な皮肉や嫌みをマリーに浴びせつつも、高厨師に命じられた最低限の責務は果たしてきた。

清国人の男性にとって、女性や外国人に対する偏見を乗り越えることが、どれだけ難しいことであるか、マリーは最初の三年間で骨身に沁みて学んだ。だから、王厨師に師事することを永璘に命じられたときは、どんなにつらく当たられても、風にそよぐ柳のように受け流す覚悟はできていた。

教えられたことは、洋式甜心房に戻ってから何度も試した。小蓮や甘先生にも伝授することで、いっそう自分の知識を磨いてきた。そうして積み重ねた努力の甲斐あって、マリーは中華の甜心についても、かなり知識が増え、上達してきたという自負はある。

このように熱心で吸収の早い弟子を、憎み続けることのできる師がいるだろうか。

「まあ！　王厨師が洋式甜心の仕上がりに、協力的なことを言う日がくるなんて」

小蓮はいたく感動したらしく、両手を握って口元に添え、感嘆の声を上げた。

マリーはしみじみと息を吐いてうなずき、この日に試作したカヌレのレシピを変えた理由を詳しく語り始めた。

「王厨師に師事する前なら、とっさに『この色に仕上げるために、蜜蠟を塗って焼くんです』って口答えしてしまったと思う。満漢の宮廷料理だって、食材も調味料も固定されていて、ちょっとでも手を加えたら厳罰を与えられるわけだし、フランスの伝統菓子だって同じことだ、って。でもそのときは、王厨師の言葉を受け止めて、考え込んでしまったの」

王厨師の意見を弾き飛ばさず、その意図が胸に下りてくるまで自分の感情を抑え、反論を吞み込んだときの表情を再現するかのように、マリーは卓上のカヌレを見下ろして遠くを見る。

「本当にそうなのかな、歯ごたえを出すためなのはともかく、この色に仕上げるために蜜蠟を塗る必要があるのかなって。自分はそう教えられたけど、言われてみれば見た目はあまりおいしそうじゃないな、とか。和孝公主さまのだんなさまの天爵さまが、色が黒いからショコラが入っているのかと勘違いされて、がっかりなさった、ってお話もうかがってるし」

清国で最も高貴な女性と、おそらく世界で一番裕福な清国の大臣和珅の一人息子という一対の夫婦による微笑ましい一幕に、小蓮と甘先生は目を丸くした。しかし、マリーは真剣に自分の思考を語り続ける。

「正統なレシピや、伝統の味にこだわって、食べてくれる相手に気を遣わせるのは本末転倒だな、って思った。焼きたてを再現できる設備が台所にない国で、カヌレを広めることは難しいし、味には問題がなくて、菊の色と形に似ていることで喜んで食べてもらえるのなら、カヌレ型で焼いた卵黄過多のマドレーヌか、あるいは蜂蜜(はちみつ)たっぷりのプチ・パンデピスでもいいのじゃないかって」

パリパリに焼いた皮にクリームや果物を挟み、幾層にも重ねて粉砂糖を振りかけるミルフィーユも、なかなか受け容(い)れられなかった。食べづらい、というのがその理由だ。形を崩さずに切り分けるのも、簡単ではない。そうしたことを欠点として指摘されればそうなのだが、それまで疑問にも思わなかったマリーだ。ミルフィーユとはそういうものだ、カヌレとはそうしたものだとして、その味と食感、そして何より、盛り付けられたときの見た目を当然のものと思い込んでいた。

カヌレやミルフィーユを広めるのは、もう少し時間をかけて、清国人好みのフランス菓子が浸透(しんとう)し、もっと西洋の食べ物に興味を持ってもらってからでも、遅くはないのではないか。

そう結び終えると、マリーはひと息ついて、カップの底で冷めてしまった紅茶を飲み干(ほ)した。

「趙小姐(ちょうシャオジエ)は、なんというか、余裕が出てきましたね」

我が子の成長を喜ぶかのような笑みを、甘先生は浮かべた。

甘先生はマリーのことを姓に『小姐』をつけて呼ぶ。もともとは永璘の洋行に従い、マリーと帰路をともにした永璘の随身たちと、太監の黄丹だけがそう呼んでいた。

甘先生がいつからマリーのことを『小姐』と呼ぶようになったかは、はっきりしない。だが、使用人でマリーをそう呼ぶようになったのは、甘先生が最初であった。

それからしばらくして、洋式甜心房を任されてからは、マリーのあとから入ってきた厨師や使用人たちもそう呼ぶようになっていた。

『姑娘』も『小姐』もフランス語では『マドモアゼル』だが、『小姐』は主家の令嬢か、身分の高い女性に対する呼び方だ。一介の使用人であるマリーがそう呼ばれるというのは、それなりの敬意を払われる立場になったということでもあった。

不意に、感慨深い気持ちが胸の奥から込み上げてくる。

フランスはパリに生まれ育ったマリー・フランシーヌ・趙・ブランシュが清国の北京に移り住んで、気がつけばいつしか七年が過ぎていた。

革命の混乱で家族と仕事を喪ったマリーが、当時欧州を外遊していた清国の末皇子の誘いに応じて故国を去ったときは、まだ十五歳の少女だった。菓子職人の徒弟としてパリの高級ホテルで修業を始めてから、たった三年目のことだ。

永璘が欧州を訪れていた公式の目的は、東洋での布教にこだわるカトリック教会に紐付けられていない技術者や芸術家を見つけ出して、清国に招聘することであった。しかし、永璘がマリーを清国に連れ帰った理由は、菓子職人としての腕や実績を認めたからではなかった。

マリーがパティシエの徒弟として勤めていたホテルに永璘が滞在し、ふたりはそこで出会った。欧州外遊の通訳兼案内人であったジェイソン・リーなる半欧半華の人物が所用で不在のあいだ、永璘のために中華風の食事を提供し、通訳を兼ねていたのがマリーだった。キリスト教徒への弾圧が激しさを増したころ、改宗か棄教を拒んだ清国人キリスト教とともに、マリーの母とその両親は海を渡り、フランスに移住した。マリーの母は異国で成長し、フランス人のパティシエと結婚してマリーをもうけた。つまり、マリーは生粋のパリっ娘だった。肌の色や顔立ちに東洋人の特徴を残しながらも、中身はフランス人そのものだったのだ。

成長したマリーは、父の徒弟であったジャンと婚約し、自身もパティシエールとなるための修業を重ね、三人でパリの下町に家族経営のパティスリーを開く夢を追っていた。そのマリーの人生がある日、一変した。

フランス革命の口火となったバスティーユ牢獄の襲撃である。

混乱に便乗して貴族や富裕階級の邸を襲う暴徒も現れ、庶民ながら上流階級に仕える芸術家や職人もまた、とばっちりを受けた。某貴族のお抱えパティシエであった父も標的となった。家を燃やされ家族を亡くし、職も続けられなくなったマリーは、外遊を中止してパリを脱出し、ブレスト港を目指す永璘一行の通訳と道案内を引き受けた。

ブレスト港まで清国の皇子一行を送り届けたマリーの、寄る辺ない境遇を察した永璘は、ともに清国へくるかと手を差し伸べてくれた。

マリーに選択の余地などなかった。父だけが身元引受人であった半華半欧の見習いパティシエールの雇用先など、フランスのどこを探しても見つかるはずなどなかったのだから。

一年近くかかったブレスト港から北京への旅は、今でも鮮明に思い出すことができる。

マリーは指を折り、自分の年を数えた。

二十三歳。

革命が起きなければジャンと結婚し、いまごろは父とジャンと二、三人の子どもたちに囲まれ、パリの街角で小さなパティスリーを切り盛りしていたはずであった。

それが独身のまま、異国の皇族邸でお抱えパティシエールとして勤めている。

少なくとも、パティシエールとなる夢は叶っているのだ。来る日も来る日も好きなお菓子を好きなだけ焼いて、それを喜んで食べてくれる人々がいる。少女時代に夢想していたのとは、かなり違う光景と日常ではあるが、フランスと世界の成り行きを思えば、とても幸運な流れではないかと思う。

マリーが心から願うのは、この平穏な日々が永遠に続き、嫡福晋の鈕祜祿氏に嫡男が授かって、慶貝勒府が安泰であれということばかりであった。

ただ、このところ第二側福晋、つまり永璘の第三妃である武佳氏が懐妊したと、中院の東廂房は喜びに沸いている。慶貝勒府に永璘の子が増えるのは喜ばしいことではあるのだが、嫡子不在の慶貝勒府で武佳氏が男子をあげれば、妃の序列は逆転してしまう。満洲人名門氏族出身である鈕祜祿氏の、嫡福晋としての地位は揺るがずとも、現在第二妃で側福晋の筆頭である劉佳氏は、後院の西廂房を武佳氏に譲らなくてはならなくなるだろう。マリーを嫌う武佳氏の地位が上がれば、洋式甜心房の未来にいささかの不安が伴うことは否定できない。

それでも、慶貝勒府の誰もが熱望する嫡子の到来は、王府の安定した未来を保障してくれる。雇われの一パティシエールのマリーとしても、次の子が男子であれと、願わずにはいられなかった。

慶貝勒府の糕點師と、固倫公主からの招待状

月日はマリーの願い通りにつつがなく過ぎていった。

北京城内が新しい年を言祝ぐ春節を迎え、鈕祜祿氏の産んだ永璘の次女は健やかに育っている。武佳氏の腹はまだ目立たないが、悪阻は過ぎて食欲が増してきたという。初めての妊娠で体の変化に疲れ気味らしく、朝が起きられないといって、嫡福晋への朝の挨拶にも遅れがちだ。これは洋式甜心房に朝の点心を取りに来る下女が、御殿の侍女から伝え聞いた話を、小蓮が聞き出してわかった。

「食事も平らげなさるし、庭園の散歩もされるとかで、お具合が悪いというわけでもなさそうなのに、大奥さまのお遣いが中院の東廂房に上がると、朝だろうと昼だろうと、榻の長椅子に横になって眠っておいでなのですって」

妃御殿に置いてある榻椅子は、マリーたちが使うようなむき出しの板や陶器で作られたそれと違い、背もたれと肘掛けがついている。いちどに三人は腰をかけられる榻椅子の座面に、詰め物をした布団を敷けば、午睡にはもってこいだ。

居心地の良い榻椅子で一日を過ごしていれば、気の進まない使者が来たときにはとっさに臥せっているように見せかけることができる、とでも言いたげな小蓮の口ぶりだ。

「本当に具合がお悪いのかもしれないし、滅多なことは口にするものじゃない。妊娠したことのない私たちには、わからない苦労があるのじゃないかな」

マリーはさりげなくたしなめる。

小蓮が武佳氏に対して好意的でない理由を、マリーは知らないわけではない。武佳氏は嫁いできて間もなく、マリーと永璘との間を勘ぐり、わざわざ呼びつけて牽制しようとしただけではない。西洋人と清国人の間に生まれたマリーのことを『雑種』と罵ったことを、小蓮はずっと覚えているのだ。実際には、マリーを雑種呼ばわりしたのは武佳氏ではなく、武佳氏が実家から連れてきた侍女であった。しかし、武佳氏が主人としてそれを容認していたことは、責めを免れなかった。民族の異なる両親のあいだに生まれてきた者たちに対する、むき出しの軽侮と強烈な差別意識を意味するその言葉を耳にしたのが、ほかならぬ満洲人と漢人との間に生まれた永璘であったことが、武佳(ブギヤ)氏の不運であった。

物心ついたころから自分に仕(つか)えてきた、姉とも妹とも頼れる武佳氏の侍女はすべて実家へ帰された。嫡福晋からつけられた、馴染(なじ)みのない侍女らに囲まれて暮らす武佳氏の鬱屈(うっくつ)を察するのは、難しいことではない。

男子を産めば武佳氏の格は上がり、慶貝勒(ベイレ)府における地位は、嫡福晋の鈕祜祿(ニオフル)氏に次ぐものとなる。

御殿に詰めているのが嫡福晋の選んだ使用人ばかりでは、四六時中監視されている気分にもなるだろうし、未だに嫡男をあげることをできないでいる嫡福晋や他の福晋たちから一服盛られるのでは、という不安もあるだろう。

そうしたことへの不満や期待を抱えていながら、心から信頼して悩みを打ち明けられる相手がいないのだ。

キリスト教の教義に従い、王族ですら一夫一婦が厳守で、正妻以外の女から生まれた子どもには相続権のない欧州と違い、清国では正妻に男子が生まれなければ、妾腹(しょうふく)の男子が家督(かとく)を継(つ)ぐことができる。

西洋では神によって娶(めあわ)された夫婦の子どもだけが、嫡子として認められるだけではない。婚外子は悪魔の誘惑によって生まれてきた呪(のろ)われた子と見做(みな)され、理不尽(りふじん)な差別を受ける。

西洋に比べれば、清国は格段に寛容な社会だとマリーは思う。なかなか子に恵(めぐ)まれない夫婦も少なくないだけではなく、せっかく待ち望んだ子を授かっても、病や事故で成人まで生き延びることは難しい。マリーが崇敬するフランス国王ルイ十六世は三男であったが、兄二人が若くして世を去ったために、繰り上げで皇太子の座についたのだ。

そして鈕祜祿氏はこれまで二人の男子を産んだが、どちらも二歳の誕生日を待たずに夭折している。

衣食住に欠けることのない豊かな生活を約束された階級に生まれても、病は相手を選ばずに死を振りまいていく。そういえば、ルイ十六世の祖父、ルイ十五世もまた突然、天然痘に罹って数日後に崩御した。

『家』の存続を何より重要視することに、東西の違いはない。であれば、一夫多妻によって子づくりに励み、跡継ぎを確保せんとする東洋の在り方は、むしろ実用的ではとすら思えてくる。

マリーは思わず首を左右に振った。

――神によって選ばれた伴侶の存在を軽視するような慣習を認めるなんて、私ったら、考え方まで清国人に似てきたのかしら――

不安な空気を孕みながらも、慶貝勒府の日常は穏やかに過ぎていく。

元宵節には恒例の、元宵という名の大量の団子作りにマリーも膳房の点心局に駆り出された。久しぶりに孫燕児、李兄弟らといった昔からの同僚が顔をそろえる。何千という元宵を作るために、点心局が総出で餡や団子を作る光景は圧巻だ。二人ひと組となり、ひとりが笊の上で数十個の団子を転がし、もうひとりが粉をまぶしかけては水に潜らせることを、何度も何度も繰り返す。

燕児とマリー、李二と李三、マリーとは入れ替わりで点心局に入ってきた厨師助手と徒弟が、同時に笊の上で米粉をまぶしつつ元宵を転がすのだ。

同じ工程を繰り返すうちに、粉をまぶされる団子は少しずつ大きさと重さを増していく。舞い上がる米粉のために、点心局は靄がかかったように視界が利かない。

「胡桃餡ができたぞ！」

王厨師の叫びに、どさっと調理台に投げ出された胡桃餡の巨大な山から、小さく丸め取った餡を粉を広げた笊へ放り込み、数がそろうと笊を左右前後に振ったり回したりして、粉をまぶしつけていく。

早朝から始めて業務の終わる昼過ぎには腕がパンパンになり、食事の箸を持つのもつらい。

マリーがふらふらになって洋式甜心房に戻ると、作り置きのためのビスキュイやマドレーヌ、タルトを作っていた小蓮に迎えられる。家庭持ちの甘先生には、年末年始の休暇を取らせてあった。

「うわぁ、真っ白」

小蓮が頓狂な声を上げた。しゅんしゅんと湯気を上げる薬缶に手をかけて、一服の用意を始める。

「どのお茶にする？　元宵を添えるなら緑茶か黒茶がいいと思うけど、洋式甜心なら紅茶を淹れようか」

　調理台に一人がけの榻を引き寄せ、腰を下ろしたマリーはうんざりした口調で応える。

「もう元宵は見たくない。甘くないのがいい。タムルーズがあれば嬉しい」

　小蓮は苦笑する。

「瑪麗がいないから、チーズの作り置きもないし、折り込みパイの準備もしてないよ。ビスキュイならあっさりしていていいんじゃないかな」

　小蓮は菓子の名をフランス語でも上手に発音できるようになっていた。

「じゃ、それに紅茶で。あったためたミルクをたっぷり入れて」

「牛乳は全部使っちゃったから、もうない」

　小蓮は申し訳なさそうに応じる。マリーは両手を広げて調理台に投げ出し、うつ伏せになって「ウーン」とうめき声を上げて突っ伏した。

　さらに小蓮は手拭いをお湯で固く絞り、粉だらけの顔と手を拭くようにとマリーに手渡した。

　手と顔を拭いたマリーは、香り高い紅茶に砂糖を溶かした。カップを持ち上げ、口に含んでゆっくりと飲み込む。香りと甘みと苦みが調和し、心身が癒やされていく。

　マリーはふあーっと息を吐いた。

「小蓮の淹れる紅茶、とてもおいしい。ありがとう」

マリーは適当に盛り付けられたビスキュイをひとつ、人差し指と親指で摘まみあげ、口にいれた。さくっとした歯ごたえのあと、ほろほろと崩れるビスキュイが口の中に儚(はかな)い甘さを残して喉(のど)を下りていった。

「おいしい。もう小蓮にひとりで甜心房を任せても安心ね」

「定番のものしか作れないけどね」

「シュー・ア・ラ・クレームは失敗しなくなった？」

「皮がうまくふくらまないときがある。窯(かま)の温度が見切れてないのかも」

出会ったときは十六だった小蓮も、ことしは二十三歳になる。清国の常識では行き遅れではあるが、包衣(ボーイ)という、清国においては家婢(かひ)に相当する身分の小蓮は、仕える主人の財産であり、親や主人によって売り買いされる存在だ。自由になるためには給金を貯めて自分の身分を購(あがな)うか、王府勤めの年季が明けるまでは、転職も結婚も許されない。

大半の包衣は、ひとつの王府の雑用をこなして生涯(しょうがい)を終える。こうして糕點師(ガオディアンシー)の訓練を受けて技術を磨く機会を得た小蓮は、自分のことを幸運な人間だと思っていた。

ときどき、ふたりの間で交(か)わされる将来の夢に、北京のどこかでいっしょに洋式甜心茶(さ)楼(ろう)を始めよう、というのがある。実現するかどうかなんて、小蓮は真面目(まじめ)に考えてはいないけども。

厨房の皿洗いで一生を終えるはずであった小蓮にとって、やがては慶貝勒(ベイレ)府のお抱え糕點師として認められれば、望外の幸運というものだ。糕點師助手になってからは給金だって上がったし、以前ならば学べなかった宮廷点心もマリーを通して習うことができた。いつか縁談が持ち上がったときに、このような技能はきっと有利に働く。

　それ以前に、小蓮は当主の永璘にほのかな恋心を抱いているから、王府を出て行くなど想像もできないことであった。

　だが同時に、マリーと洋式甜心茶楼について語り合うことと、自由な身分となって、自分の裁量で切り回せる店を思い描くことは、彼女の内側で矛盾することはなかった。

　二年前には想像することもできなかった未来図を熱心に語りながら、本心ではそれがより叶いがたい夢物語だと捉えていたのは、むしろマリーの方であろう。

　毎日曜のミサに参列し、パンシ神父の絵画レッスンに通うマリーは、早くても半年遅れで送られてくる欧州の実情と、代替わりした清国の宮廷で何が起こっているか、詳しく知ることができた。

　挿絵とレシピをマリーが著作した、洋菓子と中華甜心の指南書が一段落したことで、絵のレッスンは指導よりも雑談の方が増えていた。最近のパンシ神父の関心は、新帝の御世が清国におけるキリスト教会についてどのような影響、あるいは方向性をもたらすか、というところにあった。

　嘉慶帝のキリスト教嫌いは、マリーも実感しているところである。キリスト教だけではなく、政府が公認していない宗教全般を疎んじている、といった方が正しいのかもしれない。

中華の歴史においては、流民や逃亡農民を吸収してふくれ上がった宗教集団の暴動や反乱が、しばしば王朝転覆の引き金となった。とくに新帝即位の前後から、何世紀も前に紅巾の乱を引き起こして元王朝を倒した白蓮教徒がふたたび蠢動していることから、政府は神経を尖らせていた。

そのためキリスト教に限らず、清朝では志を同じくする者たちが結社を組織することが厳重に禁止されており、宗教の弾圧に効果を上げていた。そしてその中でキリスト教がもっとも新しく、信徒らの言動に狂信的な傾向が見られることが、嘉慶帝に危機感を抱かせる要因となっているのだろう。

かつては乾隆帝の気まぐれによって宣教師たちに下されていた仕事も、譲位ののちはめっきりと減っていた。宮廷画家であり、画塾を運営するパンシは、上流旗人から肖像画などの依頼が途絶えることはなく、画学生の指導に忙しい日々を送っていたが、徒弟や後継の学者を養成することの難しい専門職の宣教師は、ただ老いていく日々を無為に送っている。

パンシ神父は『乾隆帝が太上皇帝としてにらみを利かせている間は、嘉慶帝が宗教政策に抜本的な改革を行うことはないであろうが――』と、語尾を濁す。

乾隆帝は百歳まで生きるつもりであるらしいので、まだ十年以上は新帝にとって頭上の重石であり続けるだろう。だが、嘉慶帝が実権を握ったときは、三代前の雍正帝時代のような、苛酷な弾圧が再開される可能性はある。

『まあ、最悪のところは国外追放であろうか。しかし布教に失敗した我らには、帰る場所はもはやない。カスティリヨーネのように、修道の道をあきらめ、一職人として黙々と依頼された仕事をこなし、この国に骨を埋めるか、恥を忍んで帰国し隠棲するか。だが、マリーは民間人であるから、帰ろうと思えばいつでも帰れる。準備はしておいた方がいいだろう』

絵のレッスンの後半は、どうにも打開しようのない現況と、暗雲垂れ込める未来の予想図を思い描くことで終わってしまう。帰国の準備と言われても、故国に身寄りのいないマリーには何をどうすればよいのか、まったく見当がつかない。

それ以前に、国王と王妃を処刑したフランスは、いまだに党派入り乱れての権力闘争と、周辺の君主国を相手取っての革命戦争が、終わりのない泥沼へと国民を引きずりこんでいるという。

こうした情報は地球を半周し、半年以上をかけてフランス人宣教師たちの本拠である北堂に届けられる。つまり、いま現在の故国の状況がどうなっているのかは、知りようがないのだ。戦争がどうなっているのか、フランスという国がいまだに存在しているのかもわからない。まして、マリーが帰国を決意して北京を発ったとして、ふたたびブレスト港の波止場に降り立つまでに、一年近くはかかるだろう。

そのようなまったくの暗闇に包まれた未来のために、いまこの安住の地を離れることは、想像したくもないことであった。

　だから、北京の城内にささやかな茶楼を開いて、市井の一パティシエールとして毎日お菓子を焼いて暮らしていく生活を小蓮と語り合うのは、マリーにとっていつかは向き合わなくてはならない現実から目を背けていられるだけではなく、ささやかな心の慰めとなるのだった。

　午後のお茶を飲み終え、洋式甜心房を片付けてその日の業務を終える。マリーを待っていた間、小蓮が書き付けていた手習いの紙を焚きつけ用の籠に入れようとして、封のされた書簡が床に落ちた。腰をかがめて書簡を拾おうとしたマリーに、小蓮が「あっ」と小さく声を上げた。

「ごめんなさい。忘れてた。それ、昼前に黄丹さんがここに来て、瑪麗に渡すようにって頼まれてた」

　こつんと自分の頭を叩いて、小蓮が謝る。

「来客とか、急ぎの用だったら困るんだけど」

「だったら、口頭で言いつけるでしょ。宛名が瑪麗だから、勝手に開けるわけにもいかないし」

　小蓮のへこたれない理屈に、マリーはため息をつきつつも封を切る。

「あら。和孝公主と天爵さまのお誕生祝いに、お招きをいただいたみたい。これははりきってお祝いのガトーを作らなくちゃ」

「すごい！　あ、でも」

興奮して飛び上がらんばかりの勢いの小蓮であったが、不安げに表情を曇(くも)らせる。

「二側福晋さまも同行されるのかしら」

永璘の三番目の妃、武佳(ブギャ)氏の呼び名をあげる。

「どうかなぁ。ご懐妊の間は、あまり出歩かないものだと思うけど」

マリーは首をかしげて思案しつつ答えた。そこで、ふとあることに気がついて、小蓮の顔を見つめる。

「これって、私に対して出された招待状だよね。いままで、お菓子のレッスンで公主府に伺(うかが)うのに、招待状をいただいたことなんてないんだけど」

小蓮は少しあきれたかのような目つきで、口元を震わせつつ応じる。

「お祝いの席だから、他にもたくさんお客さんがおいでになるところに、『趙小姐(ちょうシャオジエ)』の席が用意されている、ってことですよ。たぶん老爺(ラオイエ)とお妃さま方、阿紫(あじ)さまの次くらいにね」

公主府の祝い事に呼ばれるまでに出世した現状を強調するためか、いきなり改まった口調になる小蓮だ。その笑顔になにか含むところがあるような気がしたが、それよりも、この招待状が和孝公主との個人的な交際と、慶貝勒(ベイレ)府の使用人としての立場を超えたマリーの格付けを意味するところを察して、顔から血の気が引いていく。

「嫡福晋さまに、相談してくる。夕食は、私を待たなくていいからみんなで食べてて」

マリーは招待状を胸に抱えて、あたふたと後院の東廂房(ひがしわきのや)へ向かった。

東廂房へ続く回廊へと姿を現したマリーは、取次を頼める太監か鈕祜祿氏の侍女を捜したが、さすがに雪の残る戸外をうろついている召使いはいない。それでもマリーに気がついた太監が回廊まで下りてきて、東廂房に迎え入れた。

「遅かったわね。洋式甜心房はそんなに忙しかったの？」

マリーが駆け込んでくることを予期していた鈕祜祿氏が、赤ん坊を膝に抱いたままの姿勢で、その優しい笑顔をマリーに向けた。マリーはぎこちない笑みを返し、歯切れ悪く応える。

「いえ、忙しかったのは膳房のお手伝いで、その、元宵節の準備で。でも、それも昼過ぎには終わっていたんですが。あの、公主さまの招待状に気がつくのが遅くて、伝票が片付いてなかったもので――」

小蓮が伝達を忘れたのだと言い訳するのも、配下に責任を押しつけるような気がして、しどろもどろになってしまうマリーに、鈕祜祿氏が椅子を勧める。おずおずと腰かけるマリーにかまわず、三人の侍女がそれぞれ蓋のない平たい木箱を両手に捧げて進み出た。

ひとつめの箱には淡い黄色から浅い緑へのグラデーションに織り上げた絹地に、紅梅の刺繡をふんだんにあしらった長袍、ふたつめの箱は少し小さめで、淡い緑の褲児、褲児と同色の中着、そして赤い絹靴が入っていた。さすがに高貴の女性たちが履くような、底を上げた花盆靴ではなかったが、ふだん履いている靴よりは底が厚い。

もともと平均的な清国人よりも背の高いマリーには、必要のない配慮ではあったが、精緻な刺繍を施した綾絹の靴が地べたに近いのは、清国旗人の美意識にはそぐわないようであった。

「私に、ですか」

マリーはいまにも窒息しそうな声で訊ねた。

和孝公主や永璘の妃たちが、ふだん着用しているものよりはおとなしい柄ではあるが、絹の質も、刺繍の豪華さも、皇族の侍女が着用するものよりもはるかに豪華である。

「まあ、おかけなさい。今回の祝賀会は、内輪といえども愛新覚羅の親族と、天爵さまと交際のある官僚も参列します。瑪麗は正式な客として招待されたのですから、それなりの格で訪問しなくてはなりません」

その言葉も終わらぬうちに、もうひとりの侍女が三つ目の箱をマリーの前に置いた。中には造花や簪といった、使用人には不釣り合いな大きさと数の髪飾りであった。

――卒倒しそう――

マリーは息を呑んでそれだけを思った。

太上皇帝の末公主で、当代で最も権力と財力を持つ軍機大臣の一人息子のもとへ降嫁した和孝公主の祝賀会に、席を用意されるということは、旗人社会の一員として認められることを意味する。

「でも、いいんですか。私はその――」

慶貝勒府の一使用人に過ぎず、旗人ですらない。まして、この国ではその存在を無視されているキリスト教徒なのだ。

「和孝公主の傘の下ならば、なんの問題もありません。むしろ、これは誰もあなたに手を出せなくするための、公主の配慮なのです」

鈕祜祿氏は目配せで近侍らを遠ざけた。控えていた太監と侍女はひとりずつ下がる。最後の侍女がご機嫌な赤ん坊を受け取り、居間から退出した。それでも不十分とでもいうように、鈕祜祿氏はもっと近くに寄るように手招きし、声を低くしてマリーに話しかけた。

「新帝ご即位の年に、四川で白蓮教徒による反乱がありました。すぐに鎮圧されましたが、このことが皇上をいっそう宗教嫌いにしてしまいました」

そのことは、マリーはパンシからも聞いていた。

清国で息を潜めるようにして生きているキリスト教徒と、仏教の派生宗教である白蓮教徒とはなんの関係もない。だが、国の認めたラマ仏教以外は、すべて邪教と見做される清国においては、キリスト教の教義が大半の清国人にとっては理解しがたいものであることから、排除されるべき邪教に分類されていた。

清国政府がキリスト教を懼れる理由に、拷問や死を以て脅しても改宗を拒むほど信者が狂信的であるという考えがあった。さらにキリスト教をもたらした西洋人は髪や目、肌の色が異なり、白人を見慣れぬ一般の清国の民にとっては同じ人間であると受け取りづらく、体格に勝る西洋人は畏怖と嫌悪の対象にも成り得てしまう。

実際、巷に遺棄される孤児を保護し、洗礼を授ける行為さえ、乳幼児の肉を食べるためであると中傷を流されてしまうのだ。

十六世紀末の明に、最初の宣教師マテオ・リッチが北京の地に辿り着いて以来、二百年近い歳月が過ぎていた。いまも北京にいて朝廷に仕えている宣教使は、わずかに十名を超えるばかりであり、いずれも老齢であった。

キリスト教は、清国の地に根付くことはついにないのだろうか。

とはいえ一般人に過ぎないマリーには、布教の義務はない。個人の信仰が認められている限りは、北京で暮らしていくことはできるはずであった。

「皇上が至高の座におつきになったいま、親王時代のようにお気軽に公主府の宴席へおいでいただくことは叶いませんが、祝賀の品とお言葉を伝える名代が遣わされ、祝賀会のようすは事細かく皇上のお耳に入ることでしょう。見知らぬ者に話しかけられても、そつのない対応を期待しておりますよ」

と、にこやかに恐ろしいことを要請してくる。

「わたくしとしては、瑪麗の隣にいて、好奇心や邪心をもって接してくる者を牽制したいのですが、席次というものは、家族といえどもいかんともしがたいもの。瑪麗の席は慶貝勒府の末席、阿紫の次に用意されることでしょう。どのような好奇の目にさらされるとしても、己を律して受け答えするようになさい」

「ひとりで、ですか」

いきなり投げつけられた試練を受け容れる自信もなく、マリーは呆然（ぼうぜん）とつぶやく。

鈕祜祿（ニオフル）氏の瞳にかすかな憂（うれ）いが漂ったが、すぐにもとの柔らかな笑みを浮かべる。

「だいじょうぶ。瑪麗（マリー）にはできます。公主さまも、そうお考えになったからこそ、瑪麗を正式な客として招待してくださったのです。皇上と公主さまは仲の良いご兄妹ではありますが、このような手順を踏（ふ）まなくては、意思を表明することも難しい距離ができてしまいました」

マリーの立場をより安定したものに固め、旗人社会におけるマリーの居場所を明確にするために、和孝公主が機会を作ってくれたのだ。

少しでも長く、あるいはずっと清国に居続けることができるようにと、手を尽くしてくれる知己（ちき）がいるという幸運を、無駄にはできない。

「私には過分なお気遣い、公主さまと奥さまのご期待を裏切らない振る舞いに努めて参ります」

「それでこそ瑪麗です」

鈕祜祿氏がこっくりとうなずくと、両把頭（りょうはとう）にかぶせた黒絹の大拉翅（だいろうし）を飾る簪や、翅（はね）の片端から下がる房飾りの流蘇（りゅうそ）がさらさらと揺れる。

マリーは永璘の妃ではないから、髪飾りの箱には大拉翅はなかったが、両把頭の土台となる長めの簪には、高さを増すための鬘（かつら）が、すでに巻き付けてある。

これより以降、少なくとも対外的には、マリーは福晋たちの侍女よりも高い地位を示す衣裳と装飾品を許される立場となるのだ。

「瑪麗は北京にただひとりの洋式糕點師であり、公主さまにとっては敬意を払うべき甜心の師ですからね。衣裳選びには神経を使いましたよ。気に入ってもらえましたか」

鈕祜祿氏は長袍を両手で持ち上げて広げた。裾まで広がる紅梅の枝には花が爛漫と咲き誇り、部屋の中に早春の風が舞い込んできたかのようだ。

マリーがぼんやりと見とれている間に、鈕祜祿氏は侍女をふたり呼び戻し、マリーの着付けと髪を手伝わせた。

「まだ仮縫いだから、丁寧に扱って。以前の寸法で仕立てさせていますが、合わないところがあれば手直しが間に合うよう、すみずみまで見ておくれ」

侍女らに命じる鈕祜祿氏の声も、鳥のさえずりのようにマリーには思われた。

一本の三つ編みにして頭に巻き付けた王冠巻きはたちまち解かれた。梳き直された黒褐色の柔らかな髪は頭頂でまとめられ、左右に分けられた。侍女たちの手慣れた手付きでたちまち横長の簪に巻き取られて、形の良い両把頭の髷に結い上げられてゆく。

小蓮ら下働きの女たちの両把頭は、鍋蓋の取っ手ぐらいの細く小さな髷でしかないが、御殿で働く侍女らのそれは、頭の幅をややはみ出すほど横に長く、造花や簪を飾る土台が髷や長い簪で固定されている。妃や公主の両把頭とそれを覆う大拉翅は、さらに肩の上まで張り出していることから、この両把頭の髷の幅や高さにも、身分の違いに応じて細かい約束事があるようだ。

「奥さま、首の後ろはどういたしましょう」

侍女のひとりが鈕祜祿(ニオフル)氏に訊(たず)ねた。

「そうねえ。慣れないと背もたれにぶつけたり、疲れても横になれなくて、うっかり崩してしまいそうですが、まったくないのも不自然に見えるでしょうから、なるべく小さく作ってあげなさい」

後頭部の髪は、アヒルの尾羽のように突き出た髷にして、うなじの上に張り出させるのが貴婦人のスタイルである。常に姿勢の良い立ち居振る舞いを求められる旗人の貴婦人たちにとっては、その身分が高いほど両把頭の大きさに合わせて長くなる傾向にあった。

そうして旗人の貴婦人にふさわしい正装に仕上げられたマリーは、鏡のなかの自分を呆然と眺める。化粧(けしょう)こそほどこしてはいないものの、もともとミルクのように白い肌をしていることもあり、黙って立っていればどこから見ても良家の『小姐(おじょうさま)』のようだ。

「格格(グーグー)!」

興奮した少女の甲高(かんだか)い声に、鈕祜祿氏もマリーも驚いて振り返る。

いまにも飛び込んできそうな勢いで、正面の扉からこちらをのぞき込んでいたのは永璘の長女、阿紫だ。その口を大きな手が塞(ふさ)いでいた。その手の持ち主は、娘の背後から扉の中をのぞいていた父親の永璘であった。

「貝勒(ベイレ)さま！　お行儀が良くありませんよ」

表情は穏やかだが、鈕祜祿(ニオフル)氏のきりりと叱(しか)りつける声に、永璘が「阿紫に連れてこられたんだよ」と言い訳しつつ、娘の肩を押して室内に入ってきた。

「声をかけずに部屋をのぞくのは、行儀が良くないそうだぞ、阿紫」

娘を諭してさりげなく責任を転嫁しつつ、罪のない笑顔で一同を見渡した。阿紫は不満げに頰をふくらませて言い返す。

「でも、瑪麗は格格みたいよ」

「格格はおまえだよ、阿紫。人前ではマリーのことは趙小姐と呼びなさい。マリーが格格と呼ばれるのを他人が耳にしたら、妙な誤解をされかねない」

格格は満洲語で、もともとは諸部族の首長の血筋にある女性への敬称であったが、このころには漢語の小姐（お嬢さま、お嬢さん）と同様に使われていた。しかし、格格には皇族の姫君から、皇帝や親王の出自の低い妾までも幅広く含まれる。それゆえに皇族ではなく、満族ですらないマリーを、慶貝勒府家中の者が格格などと呼んでは、あらぬ誤解が世間に広がるのは必至であろう。

「阿紫さまは、公主さまではないのですか」

使用人たちの多くは阿紫を格格より公主と呼ぶ者が多い。以前から不思議に思っていたことを、マリーはこの機を捉えて訊ねた。永璘は首を横に振る。

「公式には直系の皇女だけが『公主』だ。とはいえ、実際の地位にかかわらず、尊貴の生まれの女性を『公主』と呼ぶのは、漢族の慣習的なものだから、未だ封号を受けていない阿紫を、下々が公主と呼ぶことに差し支えはない」

ということは、慶貝勒府には当主の長女を格格と呼ぶ満族より、公主と呼ぶ漢族の使用人が多いのだろうか。

「あら、では」

マリーは戸惑って鈕祜祿氏の顔から永璘、そして阿紫へと視線をさまよわせた。マリーの母方は漢族ということになっている。いまさら満洲語寄りの言葉を使うのはどうしたものか不安になる。

「私は阿紫さまをどうお呼びすればいいのでしょう。その、公主府では」

阿紫とマリーは、宴の席が隣同士になるであろうという鈕祜祿氏の予測なので、いまから心配になってきた。

「和孝の邸で公主は和孝ただひとりであるから、他家の者が同席する場では、格格と呼ぶのが無難であろうな。ちなみに父親の私が現在のところ多羅貝勒であるから、娘の阿紫の封号は多羅格格となるだろう。少し早いが、公式においてもそう呼ばれることは問題はない」

そのとき、ふと目が合った鈕祜祿氏の面に、「あら？」といった表情が浮かんだ。その瞳に一瞬だがわずかな失望を読み取ったものの、マリーにはその意味するところがわからなかった。

その答は、数日してから仕事場での雑談中に、小蓮が何気なく口にしたつぶやきから想像がついた。

「十五阿哥が皇帝におなりになって二年も経つのに、うちの老爺は貝勒のままだね」

「お兄さまが皇帝になったら、弟も出世するものなの？」

マリーもまた、何気なく訊き返した。

「そういうわけじゃないけど、皇上と老爺はとても仲がよくておいでだから、いきなり親王はともかく、そろそろ郡王に進封されてもいいころじゃないかな」

マリーは鈕祜祿氏の居間で交わされた会話を思い出し、阿紫が封号を受ける年齢まで貝勒から進封することはないと、永璘本人が考えていることに気づく。太上皇帝と永璘との間の確執を知っていたこともあり、嘉慶帝が弟を進封させたくても、できないのだろうとマリーは推察した。

鈕祜祿氏のどこかあきらめたような笑みを思い出し、マリーの胸はきゅっと痛む。卵白を泡立てる手が止まってしまったマリーを、小蓮がいぶかしげに話しかける。

「どうしたの？」

マリーははっとして、必要以上の力を込めて泡立て器を動かす。

「なんにも。そのうち、出世なさるよ。きっと」

そう曖昧に笑って返したマリーは、いまの自分が鈕祜祿氏と同じような微笑を浮かべていた自覚はない。

慶貝勒府の糕點師と、公主府の災難

和孝公主の誕生日は正月三日であるが、年明け早々は宮中行事が目白押しであることと、同じ月の下旬に同い年の夫も誕生日を迎えることから、公主府では元宵節が落ち着いたころに夫婦そろって生誕祝賀の宴席をもうける。

マリーは贈り物の洋菓子を毎年それぞれの誕生日に届けさせていたのだが、公主府で催される祝賀会に招待されたことは、これまで一度もなかった。

昨年は新帝即位にともなう儀式が続き、膳房も甜心房もおそろしく忙しく、公主府で宴席があったかどうかマリーは覚えていない。

女性も社交界で華やかに振る舞う西洋と異なり、女性は表に出てこず、男性と同席しないことが清国の規範だ。だが、和孝と天爵の両方の祝いということもあり、夫婦それぞれの近い親族や、懇意にしている友人が集まる。堅苦しさのない内輪ばかりの家族的な宴席ではあるが、マリーよりも身分と地位の高すぎる人物がそろう。これまでは親王であった外国人嫌いの永琰と鉢合わせしないようにとの配慮から、マリーが招かれなかったのはある意味当然ではあった。

その代わり、祝いの菓子のお礼にと、少し遅れてふたりだけの茶会に招かれ、装飾品の簪や毛皮の襟巻(えりま)き、あるいは和孝が手ずから刺繍した手巾(ハンカチ)などを拝領してきた。

さて宴の当日、慶貝勒(ベイレ)府から公主府を訪れたのは永璘と鈕祜祿(ニオフル)氏、庶福晋の張佳(ヂャンギャ)氏と阿(あ)紫(じ)、そしてマリーの五人だ。ふたりの側福晋は劉佳(リュウギャ)氏が留守(るす)を預かり、妊娠中の武佳(ブギャ)氏は大事をとって外出は控えた。

たびたび和孝公主とその夫の邸を訪ねたことのあるマリーだが、さらに奥の翠錦園(すいきんえん)に通されたのは、このときが初めてであった。

正門を入ってすぐの、慶貝勒府が少なくとも三つは入りそうな和珅(ヘシエン)邸の住居群は、それぞれが宮殿といって差し支えなく、紫禁城(しきんじょう)の後宮に迷い込んだような錯覚(さっかく)を覚える。いくつの過庁と門と回廊を通ったか数え忘れたころ、左右の端が見えないほど東西に長大な二階建ての建物に突き当たる。そこを過ぎてようやく、この豪邸の半分以上を占めるという庭園の入り口に辿り着いた。

まだ招待客がそろう前から、庭園や楼閣(ろうかく)のそこここで音楽が奏され、あるいは曲芸や芝居が披露(ひろう)されていた。

慶貝勒府の一行は、回廊を下りて雪の掃(は)かれた小径(こみち)をそぞろ歩き、寒梅や寒椿(かんつばき)を愛(め)でつつ広大な庭園を楽しむ。永璘が先頭を歩き、鈕祜祿氏と張佳氏が肩を並べて、庭園の花樹について静かに会話を交わす。マリーは阿紫に手を握られて、主人たちのあとについて行った。さらにその後に、鈕祜祿(ニオフル)氏と張佳(ヂャンギャ)氏の侍女、阿紫の乳母が従う。

マリーは少しばかり緊張して、張佳氏の後ろ姿を眺めて歩く。

張佳氏はマリーのことを快く思っていない。マリーが慶貝勒府で働きはじめて間もなくのころ、阿紫を巻き込んで殭屍騒動を起こしてしまったことが、張佳氏にはしこりとなってずっと残っているのだ。だが、永璘や鈕祜祿氏がマリーを家族に準じて扱うこともあり、表立って難癖をつけてくることはない。阿紫がマリーに懐くことも、見て見ぬ振りをしている。

マリーが張佳氏の廂房に呼び出されることは皆無であるし、阿紫はもっぱら鈕祜祿氏の部屋に通っては、マリーと接触する機会を狙っている。鈕祜祿氏に次男がいたころや、次女の阿香が生まれてからは、異母弟妹をあやすために鈕祜祿氏の廂房に入り浸り、マリーと顔を合わせることが増えた。

もともとは、宗室の兄弟姉妹だけで催されてきた和孝公主の生誕祝賀会は、主催が女性であることと、親族ばかりが集まる安心感から、女たちは儒教の礼節や男たちの目を気にせずに庭をそぞろ歩き、初対面の老若の男たちと顔を合わせ、言葉を交わせる場であった。兄弟の数が減り、駙馬の豊紳殷徳の誕生会も兼ねるようになって年を重ねたこともあり、招待客の幅は親族の外にも広がっているが、男女の弁別を廃した無礼講な空気はそのままであった。

永璘とは年の離れた異母兄の成親王永瑆は、嫡福晋の富察氏と長男の綿勤、三人の側福晋と庶出の三男、そして未婚の五女を伴っていた。他家に嫁がせた娘たちや、後継のいない王家に養子に出された次男と四男は招かれなかったようだ。

　富察氏は夫の度を越した倹約主義のためにやつれ果て、永瑆よりも白髪が目立つ。評判通り実際の年齢よりも遥かに老いた見た目のためか、豪華な衣裳と髪飾りに、痩せた体軀はいまにも押しつぶされそうであった。

　成親王家の夫婦仲は良くないという世間の噂ではあったが、後継の男子に恵まれない慶貝勒府と異なり、心と体の健康を脅かされ続けた三十年の結婚生活で、二男二女をもうけている。

　成親王家との弾まない歓談に、豫親王の一行が加わる。豫親王の嫡福晋は成親王と同じく富察氏の出であったが、対照的にふくふくとして、顔色もよい。

　夫の爵位は永璘よりも高い親王ではあるが、福晋としては最年少であることから、豫親王家の富察氏は、鈕祜祿氏に重ねた両手を片膝に乗せて腰を落とす、目下から目上に対する満族女性の拝礼をした。

　二親王家の嫡福晋は、成親王家の富察氏が年齢も高く、やつれていることを差し引いても、ふたりの顔立ちはあまり似ていないとマリーは思った。鈕祜祿氏からは特に説明もなかったので、同姓といっても血縁的にはそれほど近い間柄ではないのだろう。

　鈕祜祿氏は若い富察氏の手を取り、立ち上がらせた。互いに満面の笑みを湛えて和やかに近況を報告し合う。

　豫親王妃の富察氏は朗らかな気質らしく、マリーを見つけると目を輝かせて微笑みかけた。夫の豫(よ)親王よりも前に出て、永璘や鈕祜祿(ニオフル)氏に息子たちの紹介を始める。まるで売り込みでもしているかのように、三人三様の性格や資質まで無邪気に話す富察(フチャ)氏のようすに、永璘と鈕祜祿氏は苦笑いを抑え気味だ。黙って聴いているだけのマリーにとって意外なことは、豫親王裕豊(ゆうほう)は嫡福晋の他に側室がおらず、三人の息子たちもみな嫡出であることだった。だからといって、恐妻家というわけでもないらしい。おしゃべりの止まらない妻の肘を取り、短い言葉であからさまな息子自慢をやめさせた。

少し離れて見ていたマリーは、懇談の外に押し出された成親王永瑆の不機嫌な表情と、その横でうつむくもうひとりの富察氏の沈んだ眼差し、そして豫親王の恥ずかしげに逸らした視線の意味を察した。子だくさんの王家にとって、嫡男のいない王家はかっこうの養子先なのだ。

マリーは見てはいけないものを見てしまった気がして、美しい庭園の景色へと視線を飛ばした。

「阿紫もすっかり少女らしくなりましたね。いまからこのように可愛らしくて、将来が楽しみです」

会話を遮られた豫親王の富察氏は阿紫に声をかけ、愛(いと)おしそうに見つめる。阿紫は嬉しそうに礼を言って、マリーの背後に隠れた。

「わたくしも娘も育ててみたかったのですが」

いまだ嫡男に恵まれない慶貝勒(ベイレ)府に遠慮しつつも、豫親王妃の富察氏は阿紫と同じ目の高さまで腰を落とし、優しい手つきで少女の肩を撫でた。

富察氏の三人の息子たちは、貴婦人たちに囲まれたことが居心地悪かったのか、長男と思われる年嵩の少年は永璘と会話する父の豫親王のもとへ、次男は仲の良い従兄弟を見つけて遊びにゆく。いまだ幼いためか母親から離れようとしない三男は、鈕祜祿氏と張佳氏に話しかけられて、恥ずかしそうに答えている。

豫親王の嫡福晋は、阿紫からマリーへと視線を移した。

「こちらが都で評判の糕點師ですのね。お目にかかれて嬉しいですわ」

と満面の笑みを浮べる。

それから肩が触れそうなほど近づき、豫親王家は男子ばかりで女気が少ない。せめて側室を増やして話し相手が欲しいところだが、夫が聞き入れてくれないと、さりげなくマリーにささやき、流し目をくれた。

マリーとしては意味がわからない。マリーに執着している豫親王を永璘が捉まえて、こちらに寄ってこないように気遣ってくれているのに、その妻がマリーを勧誘しようとしているのだろうか。夫が他家の女に心を寄せていても嫉妬せず、協力して抱き込もうとするなど、マリーの常識では想像すらできないことだ。それとも、豫親王の嫡福晋も、マリーの洋菓子に執着しているのか。

こちらにちらちらと視線を投げる豫親王の気配も、気づかぬふりでやり過ごすのは簡単なことではない。

「あの、富察（フチャ）の奥さまはどの洋式甜心がお好みですか」

マリーは強引に話を変えようと試みる。富察氏は手巾を持った手を頬に当てて、少し考え込んだ。

小径の交わる右方向からパタパタと軽い足音がした。一同がそちらへ目を向けると、和孝公主の息子、阿盈（あえい）がマリーと阿紫の名を呼びながら駆け寄ってきた。阿盈は短い足ながらもしっかりとした足取りで乳母や近侍を引き離し、マリーの膝に取り付いて、阿紫の手を握った。そのままふたりの間に入り込んで、両手で従姉とマリーの手にぶら下がる。

阿紫の「阿盈！」という叫び声と、幼児の「きゃあきゃあ」と興奮した笑い声、まだ体の小さな阿紫は、従弟を支えきれずに転びそうになった。マリーはとっさに両手を広げて幼い従姉弟同士をささえた。

「少爺（シャオイエ）。おふざけが過ぎますよ」

談笑していた永璘たちがマリーたちへと振り返った。永璘と鈕祜祿（ニオフル）氏は微笑んでマリーと子どもたちを見守る。張佳氏は相変わらず硬い表情であったが、マリーが子どもたちを抱え込む体勢を見ても、何も言わなかった。

「こっち、こっち」

阿盈はマリーと従姉を引っ張って、橋の上まで連れて行こうとする。マリーは逆（さか）らわずについていった。その後を、阿盈付きの乳母と側仕えの者たちがぞろぞろと続く。

この光景はいつも、マリーに西洋のおとぎ話——黄金のガチョウとそのガチョウを抱えた青年に触れて離れなくなってしまった人々が、数珠玉のようについて行列を作ってしまう——を思い出させて笑ってしまうのだが、この日は豫親王の妃から離れることができてほっとした。

「見て！」

阿盈は池に渡された太鼓橋の半ばで立ち止まり、欄干の隙間から顔を出して、水面を指差した。マリーたちも欄干の上から身を乗り出して、阿盈の示す方向をのぞき込む。

阿盈が従姉とマリーに見せたかったのは、濃い緑のキャンバスに色とりどりの絵の具を散らしたかのように、薄い氷の下で静かに漂う魚たちであった。慶貝勒府でも幾種類かの金魚は飼われているのだが、和珅邸の魚たちの色柄や大きさ、そして数は比べものにならないほど豊富であった。

阿盈が懐から出した袋の餌を掴み取り、氷の融けた水面にばらまく、魚たちは息を吹き返したかのように餌を求めて口を開き、マリーたちの眼下に集まってきた。赤や金の鱗に陽光を煌めかせつつ、優雅な鰭を揺らし、身を翻して泳ぎ出す。

阿盈は賢い子どもらしく、それぞれの金魚の名前をマリーに教えてくれようとする。だが、それが品種名なのか、人間が愛玩する動物に名をつけるように、阿盈が個体ごとにつけた名前なのかはマリーには不明だ。

「きれいねぇ。あの白玉色の金魚、わたしのうちにはいないのよ」

阿紫がうっとりとつぶやくと、阿盈はうれしそうに自慢した。鱗のふちが微かに金色みを帯びた白い金魚は、なるほど珍しい。鰭はイギリス産の繊細なレースのようだ。

「三匹いるから、ひとつ上げるよ。お母さまにお願いする」

「いいの？」

永璘と和孝公主は特に仲が良く、家族ぐるみの付き合いは他のどの王府よりも睦まじい。一人っ子の阿盈は、いつも遊んでくれる年上の従姉が大好きなのだ。

きらきらと陽光を跳ね返す波。金銀、紅、黄色に黒と、生きた宝石のように色彩の豊かな魚たち。

そのとき、池の反対側で噴水が高く上がり、周囲から感嘆の声が上がった。マリーには珍しい光景ではなかったが、噴水は清国では皇族のみが入ることを許された円明園のみで見られる仕掛けだ。

マリーは噴水の吹き上がるその上を仰ぎ見て、柔らかな冬空の青さに瞬きをした。

阿盈と阿紫の笑い声が、空に吸い込まれていく。ふと鼻腔をくすぐる柔らかな香の匂いに左を向くと、いつの間にか鈕祜祿氏がマリーの横から池を眺めていた。その向こうに張佳氏、マリーの右側には阿紫の肩に手を乗せて、水面に広がる色彩の競演を見つめる永璘。この平穏で幸せな家族の風景に自分がはさまっていることに、マリーは信じがたさと嬉しさのあまり、思わず片方の手で口元を押さえた。幸福な気分が胸を満たすと、なぜか目頭が熱くなって、息を吸うことが難しくなってしまうのだ。

マリーの日常は洋式甜心房で忙しく働き、休みの日には教堂で祈り、空いた時間があればまだ再現していないフランス菓子を作り、習得していない中華甜心に挑戦するなど、起床から就寝までめまぐるしく動き回っている。そのために、ふだんはそのような感傷に動かされることもない。それでも、ふと美しい風景に手を止め、周囲の人々からの信頼や好意に触れ、この上なく幸福な気持ちに満たされると、同時に切なく熱い思いが込み上げてくる。

　そっと目元を指先で押さえたが、鈕祜祿(ニオフル)氏に目敏(めざと)く見つかってしまった。

「どうかしましたか、瑪麗(マリー)」

「あ、陽射しが眩(まぶ)しくて」

　思わず口にした言い訳が、なんだかわざとらしい。だが、マリー本人にも、この幸福に満たされた風景に哀(かな)しみや罪悪感を覚えてしまう理由など、言葉にして説明ができないのだから、ほかに言いようがなかった。

　庭を鑑賞していた招待客たちに、庭園最奥の蝠庁(ふくちょう)にて宴席の準備が整ったと案内がもたらされる。これまでマリーが見てきた、ヴェルサイユや紫禁城の宮殿にも劣(おと)らぬ豪壮な建物に、数え切れない家族が吸い込まれていく。

　フランスにいたときでさえ、上流階級の宴会に縁のなかったマリーだ。作法が気になって出される料理の味さえわかりかねる。自分が前もって差し入れておいたフランス菓子が、いつの間に給仕されたのかも見逃してしまったほど、マリーはひどく緊張して時の過ぎるのを待った。

フランスのパーティと違って、客が席を自由に歩き回ったり、ダンスに興じるということなく、みなお行儀よく自分の席で食事をし、芝居や奏楽、曲芸を鑑賞するか、声の届く範囲の相手とだけ会話を楽しむ。こうした場の作法に心許ないマリーとしては、このまま永璘の家族から離れずにすめば、とてもありがたいことだ。

それでも、余興と余興の間には、地位の低い者たちは身分の高い人々とのつながりを求め、皇族や名門旗人の席へと挨拶に回る。慶貝勒（ベイレ）府の卓では、洋式糕點師（ガオディアンシー）の名で知られるマリーにも、かれらは恭（うやうや）しく話しかけてきた。

「洋式甜心房から弟子が独立するときは、是非当家へ推薦（すいせん）を」

などと抜け目なく、装飾品の入っているであろう小箱に名刺を添えて置いて行く。

「趙小姐（ちょうシャオジエ）の洋式甜心の食単集、拝読しています」

といって、漢語で出したフランス菓子のレシピ本についての感想や、質問を浴びせてゆく旗人も何人かいた。中には食単集を懐から取り出して、表紙の裏に署名を求めてくる者もあった。

マリーは困惑し、たびたび鈕祜祿（ニオフル）氏や永璘に目配せで助けを求めるものの、そちらはそちらで忙しそうであった。

それでもマリーがだんだんと場の雰囲気に慣れてきたころ、食べることにも余興にも飽きてきた阿紫（あじ）が、庭へ行こうと母親の張佳（ヂャンギャ）氏にねだり出した。

「ね、お母さま。わたくし、疲れちゃった」

「疲れたのなら、外ではなく控え室で休みなさい」

張佳氏は鈕祜祿氏に一声かけ、慶貝勒府一家に用意された控え室へ下がる許しを得て、自ら席を立つ。阿紫はマリーの肘につかまって引っ張った。

「マリーもおいで」

自分が辟易していたことを見抜かれていたのか、あるいは単に懐かれているのか、どちらにしてもマリーは喜んで退場することにした。中座の合図にと、和孝公主に会釈しようとそちらへ顔を向けたそのとき、太監が駆け込んで和孝公主の足下にひざまずいた。

「少爺が、少爺が」

蒼白を通り越して黒ずんだ皮膚に恐怖の色を浮かべ、ぶるぶると震えて阿盈の姿が見えないと報告する。午睡をしていたはずの阿盈が、目を離した隙にいなくなってしまったというのだ。

和孝公主は喉の奥で「ヒィ」と音を立てて飛び上がり、すぐにひとり息子を捜し出すように指示を下した。大小の庭園に囲まれたいくつもの豪壮な建物と、無数の門が並ぶ公主府で子どもが見失われることは、命にかかわる。誘拐はもちろんのこと、塔もあれば数層の楼閣もあり、蓋のない井戸の数も多い。そして院子の小さな池から、庭園の湖と見まがうほどの蓮池には、大のおとなでさえ抜け出せない深い泥の沼もある。

たちまち邸内は大騒ぎとなり、使用人から招待客まで、阿盈の捜索が始まった。

マリーもまた、阿紫といっしょに阿盈の名を呼びながら、他の者たちと捜し回った。

「阿盈は隠れんぼが好きなの。だから、もしかしたらいたずらで隠れてみたら大騒ぎになってしまい、出て来たくても出てこられなくて困っているかもしれない。お部屋の方に行ってみましょう」

阿紫に引っ張られ、手がかりを求めて阿盈の午睡部屋へと向かう。回廊に沿って、水を張った小さな木の桶(おけ)がいくつも並んでいるのを見たマリーは、うっかりつまずかないように阿紫に注意を促す。

午睡部屋の手前で、半狂乱になって乳母と太監を叱(しか)りつける和孝公主の声が聞こえた。

「なぜ阿盈から目を離したの！」

「申し訳ありません、申し訳ありません」

「心当たりはないのですか！」

地べたに這(は)いつくばって謝罪する使用人らは、両手を合わせてぶるぶる震えるばかりで、その返答は要領を得ない。

マリーは直観的に振り返った。赤い柱に緑の格子窓、軒に連なる青銅の下げ灯籠(とうろう)、床には大理石が敷かれた回廊に、使用人が床掃除に使うような木桶が並んでいる光景に、何かしら引っかかるものを感じたのだ。引き返して木桶の中を見る。

色とりどりの金魚が数匹ずつ泳いでいた。

庭園の池に泳ぎ回る金魚の種類や名前を、自慢げに教える阿盈の姿が思い浮かぶ。マリーの背中に悪寒が走った。

「白い金魚がない！」

悲鳴のような叫びとともに、阿紫が急にマリーの手を引いて駆け出した。

庭園の方でも人々が走り回って阿盈を捜していた。池には小舟が出され、葦や水草の間を櫂や熊手で探っている。

「少爺！」

「見つかったぞ！」

声が上がったのは、マリーたちが向かっていた太鼓橋の方角だ。

マリーたちが太鼓橋に着く前に、すでに池の周辺では悲鳴や泣き声であふれていた。マリーは唐突に立ち止まり、阿紫を強く引き戻して抱きしめた。池端の光景を阿紫に見せてはいけないと思い、腕の中でもがく阿紫を抱く腕にいっそう力を込めた。

「行ってはいけません。見てはなりません」

「わたしの、わたしのせい？　わたしが白い金魚を欲しがったから？」

阿紫が目に涙を溜めて、拳を口に当てる。

「阿盈！」

誰かが知らせに走ったのだろう。マリーたちの横を、悲痛な叫びとともに和孝公主が走り抜けた。

花盆靴を脱ぎ捨てた白い靴下と、紅絹の艶やかな長袍の裾は地面にひきずられ、地面の雪解け水を吸って、灰色に汚れてしまっている。

「阿紫(あじ)、マリー！　ここにいたのか」

永璘がふたりを見つけて駆け寄ってきた。池の方から、我が子の名を呼ぶ和孝公主の胸の破れるような悲痛な叫びが響き渡る。マリーは思わず目をきつく閉じた。

「わたしのせい、わたしのせい」と泣き止まぬ阿紫を、永璘は膝を折って抱き寄せた。どこまで事情を知っているのか、「おまえのせいではない」と繰り返して娘をなだめた。

祝宴は中止となり、招待客は状況の詳細を教えられることなく公主府を辞した。ただひとつわかっていることは、公主府の嫡子は永遠に喪(うしな)われてしまったという悲劇だけだ。

日を置かず葬儀が執(と)り行われ、マリーは二年前に袖を通した白い喪服に、ふたたび袖を通す。小さな子を送り出す葬儀ほどやりきれないものはない。それが待ち望まれて生まれてきた嫡子であればなおさらだ。

葬儀の装(よそお)いは、同室の小蓮と小杏(しょうあん)が手伝ってくれた。永璘の次男を送ったときの葬儀では、マリーは一使用人に過ぎなかったが、このたびは喪主の妻の師としてであるから、髪型や着付けの格を上げなくてはいけない。

「哀(かな)しみのときに格とか装飾品とかに気を回すの、なんだかおかしいね」

マリーのつぶやきに、年嵩の小杏が答える。

「身分や立場に応じた正装をきちんと整えるのが、葬送に参列する者の礼節というものだよ」

マリーが故国を去ったのは十五で、フランスの葬儀や作法がどういうものだったのか、もはや思い出せない。病や事故で亡くなった友人や隣人と教会でお別れしたことはある。また、喪主の家族として母と祖父母らの葬儀には関わったが、近所のおばさんたちが手伝って、あれこれと手配してくれた。喪服も誰かが用意してくれたが、哀しみに呆然としていたマリーは、葬儀自体の手順もどのようであったか覚えていなかった。

黒いヴェール越しに見えたフランスの葬儀は、文字通り紗（しゃ）がかかったように、ぼんやりとしている。

「でも、どうして少爺（シャオイエ）はひとりで池に落ちてしまったのかしら。客に贈る金魚なら、太監や庭師に捕って来させればよかったのに」

マリーが喪装を整えてもらっているのを炕（かん）に座って眺めながら、小葵（しょうき）が訊ねるともなしに訊ねる。その問いに答えたのは唇に白粉を載せてもらっているマリーではなく、祝宴のあとマリーから事情を聞いた小蓮だ。

「庭師は少爺に命じられた種類の金魚を捕ってこなかったのよ。金魚が届けられる前に少爺はお昼寝なさってしまったので、誰も確認したものがいなくて、庭師は自分の仕事は終わったと思ったんでしょうね。少爺がお目覚（めざ）めになったときに、子守の乳母や太監がおそばにいなかったから、ひとりで桶を見に行って、欲しかった金魚がいなかったから、自分で捕りに行こうとされたんだろうって」

祝宴のあるときは、下がり物のご馳走（ちそう）が使用人にとっては何よりの楽しみだ。阿盈がぐっすり眠っている隙に、賓客（ひんきゃく）のために厨師らが腕を振るって調理した宮廷料理のお裾分けや残り物に、舌鼓を打とうとしたのか。あるいは楽しみにしていた余興を我慢しきれず、子守役の者たちは持ち場を離れてしまったのだろう。

まだ小さな阿盈は、ひとりぼっちの目覚めに怯え、怖がる子どもではなかった。あれこれうるさく指図するおとなが誰もいない邸内を、自由に歩き回れる貴重な機会と感じる子どもだったのだろう。慶貝勒府に遊びにくるときも、阿紫とかくれんぼをしては、隠れ場所から何刻も出てこないこともあった。そのたびに大騒ぎになるので、このごろの慶貝勒府では幼児にとって危険な場所、井戸や池、茨の園、使用人たちの通路などには予め見張りを立てることになっていた。

しかし、阿盈のことをよく知らない小葵は首をかしげる。

「御曹司なのに、自分で魚を捕りに？　しかも、まだ四つか五つでいらしたんだよね」

「いたずら盛りのお年頃に、貴賤の違いはないよ。自分にできることで、親や兄弟を喜ばせたい年頃でもあるよね」

弟妹の多い小蓮は、何かを思い出したのか不意に涙ぐみ、鼻声になった。

「御曹司なのに、お優しい少爺でおられたね。こちらが差し上げた糖衣丸の瓶の蓋を開けろとご命じになるから、すぐに食べたいのかと思ったら、摑みだした糖衣丸を私に分けてくれようとなさったの」

和孝公主と阿盈は、たびたび洋式甜心房に顔を出して、試作品や余り物の洋菓子を楽しんで帰った。阿盈との思い出は多い。小蓮は弟妹の世話をさせられた少女時代については、愚痴(ぐち)ばかりこぼしてきたが、幼い子どもは好きなのだろう。カスタードクリームを頬いっぱいに塗りつけた阿盈の顔を拭こうとして、奮闘したこともある。

マリーはもらい泣きしそうになった。

「小蓮もお葬式にくる？　清国の葬儀は、泣いてくれる参列者が多いほど死者は安らかに眠れるのでしょう？」

「いいの？」

何度も手の腹で擦った小蓮の目尻が、すっかり赤く腫(は)れている。

「少爺もきっと喜ぶ。ドラジェの詰まった瓶も用意してくれたのでしょう。小蓮が棺(ひつぎ)に入れてあげて」

小蓮は急いで行李(こうり)から自分の喪服を引き出し、皺(しわ)を伸ばしてまとい始めた。

出がけに甘先生が「これも」とマリーに小箱を手渡した。中には薄茶に色づけられた飴細工の馬が入っていた。飴を練りあげて様々な動植物を造形する甘先生の、鮮やかな芸術技を熱心に見入っては、称賛の手を叩いていた阿盈を思い出す。

「小さい子が死ぬのは堪(た)え難(がた)い。俺もふたりほど亡くしているからわかる」

甘先生は、湿った声でそう言った。

清国で最も富貴を誇る軍機大臣和珅(ヘシエン)の初めての、そして唯一の孫の葬式は、マリーの想像を超えて盛大であった。ひとつの街を形成するほど宏大な和珅の邸宅の大門から、公主府にいたるまでに、いくつもの門を潜らなくてはならない。北京じゅうの旗人が集まったのではないかと思えるほど、通りは弔問の客であふれていた。

弔問の行列は遅々として進まず、早めに王府を出てきたのにもかかわらず、慶貝勒府の一行を乗せた馬車二台は、公主府の門に辿り着くまでに、一刻近くを要した。

阿盈の死に、自分を責める阿紫はひどく憔悴していた。それでも気丈に葬式に参列して、祭壇に進み線香を捧げる。

事故の責任は持ち場を離れた使用人たちにあり、乳母は解雇され、使用人は厳罰を受けたであろう。しかし、自分が白金色の金魚を欲しがらなければ、阿盈が自分ひとりで金魚を捕りに行ったりはしなかったと、阿紫が考えてしまうのは誰にも止めようがなかった。

ひと月が過ぎ、マリーは鈕祜祿氏の名代として公主府を訪れた。

葬儀の半月あとくらいから、和孝公主が見舞客を受け付けなくなったという。近い親族でも門を通されることはなくなり、皇帝の使者でさえ和孝公主本人に目通りすることがないと噂されていた。

自分も門前払いをされるのではと不安を抱えていたマリーを、憔悴しきった和孝公主が迎えた。

「来てくれて、ありがとう。マリー」

かつて、乾隆帝に『そなたが男子であれば、必ず皇太子に立てたものを』と言わしめたほど、武勇と決断力に優れ、剛毅な性格を愛された皇女の面影はそこなかった。頬は瘦けて、肌は蠟のように白く濁って艶がない。上下のまぶたは腫れ、かつて黒曜石のように輝いていた瞳に光はない。

　昼夜を問わず焚かれる線香と紙銭のにおいが室内に充満し、和孝公主の髪からも衣裳からも、焦げ臭い異臭が漂っていた。

　夫の豊紳殷徳は外出しているという。和孝が公主府の自室にこもりきってしまったために、喪中といえども欠かせない要件や付き合いを、二人分こなさねばならないらしかった。

　定型のお悔やみの言葉を述べてから、マリーは和孝公主の体調を訊ねた。

「ご飯は食べておられますか」

　マリーの気遣いに、和孝公主は微笑もうとしてうまくいかなかった。マリーは見舞品の中から、自分が作ってきた小鉢を出して、和孝公主に差し出した。

「嫡福晋さまがご次男を亡くされたとき、お粥も喉を通らないようになってしまわれて、膳房では杏仁豆腐や乳羹のような柔らかいものを毎日作りました。私はこのブラン・マンジェを作って差し上げました。最初にブラン・マンジェをお召し上がりになったのは随園先生で、泡雪扁桃羹と名付けてくださいました」

「随園先生？　あの有名な詩人の袁枚先生のこと？　そういえば、慶貝勒府に滞在なさっていたことがあったわね。なんだか、ずいぶんと昔のことみたい。阿盈はまだ生まれてなかったものね。ここのところ毎日、阿盈の面影ばかりを思い描いていたから、あの子が生まれる前のことは、ぼんやりとしか思い出せないわ」

　差し出された小鉢を両手で包み込み、しばらく眺めていた和孝公主は、ひどくゆっくりとした動作で匙を手に取った。ひとすくいを口に運ぶ。匙を宙に浮かせたまま、和孝公主は時間をかけてブラン・マンジェを味わっているようだ。そしてほっと息を吐き、口を開いた。

「掌に載せたら融けてしまう沫雪のように、微かな甘みだけを舌の上に残して、すっとなくなってしまうのね。触れることのできない思い出だけ置いて、逝ってしまったあの子の命みたい」

　アーモンドを砕いて搾り出したミルクに牛乳とバニラエッセンス、砂糖を加え、ゼラチンで固めたブラン・マンジェは、ひとの体温に触れるとたちまち融け去ってしまう。舌の上に残るのは、幻のようなアーモンドとバニラの風味と、優しい砂糖の甘さだけだ。

　マリーは和孝公主が泣き出してしまうのではないかと思ったが、公主の目は乾いていた。まっすぐとマリーの目を見つめて、白く手入れされた指をマリーへと伸ばし、頬に触れてくる。

「あの子のために泣いてくれるのね。ありがとう」

　言われて初めて、マリーは自分が涙を流していることを知り、驚く。和孝公主の表情や、そこからうかがえる体調ばかりが気になっていて、気がつかなかった。

「ほんとうに、お可愛い少爺でした」

マリーは袖から手巾を引き出し、涙を拭く。それ以上の言葉は思いつかず、ただ手巾を握りしめてうつむいた。

室内は静かだった。大理石の火桶に載せた薬缶がしゅんしゅんと立てる音だけが、しばらくのあいだ室内を支配する。

鼻をすする音がして、和孝公主がかすれた声を出した。

「マリーは何も言わないのね」

首を小さく横に振りながら、マリーは応えた。

「言うべきことを知らないからです。何を言えば公主さまの心をお慰めできるのか」

和孝公主はくすりと笑った。表情は少しも笑っておらず、ただ片方の口の端が上がっている。

「たいていの人間は、何を言えば相手がどう思うかなんて考えないで、慰めたり励ましたりするものよ。同じ思いをしたことがなければ、想像することもできないんでしょうけど」

手巾で鼻をかんでから、和孝公主は深いため息をついた。

「お見舞い客をお断りされているのは、そのためですか」

「まだひと月も経ってないのに、いつまでも悲しんでいると阿盈が成仏できないとか、まだ若いのだから次の子を産めばいいとか言う連中もいてね。無神経な人間ばかりじゃないのはわかっているのよ。でも、心を逆撫でされるようなことを言われると、抜けない棘のようにいつまでも苦しくて、腹が立って、哀しくなって、別の人から十倍の優しく温かい言葉をもらっても、心が癒えないのよ。阿盈の死を悲しむだけで精一杯なのに、他人のわずらわしい言葉に翻弄されたくない。ひとりで読経していたほうがまし」

マリーはわかる気がして、こくんとうなずいた。

「紅蘭お姉さまも、マリーと同じように、何も言わずにいっしょに泣いてくださったわ。ただ、紅蘭お姉さまはふたりも幼いお子を亡くしているのに、初めてのひとりを亡くしただけのわたくしが、いつまでも哀しんでいるのが申し訳なくて、ついついお見舞いもお断りしてしまって――誰もが、まだ小さな我が子を亡くす気持ちがわかるわけじゃないのよね。でも、マリーは何も言わずに寄り添ってくれる。あなたにはわかるのかしら」

結婚もしておらず、もちろん子どもも産んだことのないマリーに、幼い子を喪う痛みがわかるのか、と訊かれても答えようがない。

「いえ。わからないので、お慰めのしかたもどうしていいのか、わからないのです。自分が身内を亡くしたときのことを思い出そうとしても、どう慰められたのか思い出せない――」

マリーはいろいろ考えながら、誰にも話したことのない自分の経験を、とつとつと話し出した。

「母を亡くしたときは私自身が子どもで、手放しで泣いて、泣いて、母はもう帰ってこないのだと知るまで、時間はかかったと思います。そのときに祖父母や父、隣人がどう慰めてくれたのか、よく覚えていません。父と婚約者を亡くしたときは、自分が生き延びるのに必死で、正直それどころじゃありませんでした。北京に来て、ミサに通えるようになってから、ようやくかれらの冥福を祈ることができるようになりました」

マリーは、自分が喪失の痛みを慰められることに、慣れていないことに気づいた。

「すみません。自分のことばかり話してしまって」

マリーは赤面して両手で顔を隠した。和孝公主は目を細めてマリーの手を取った。

「いいえ。いいのよ。私だって、わかっているわ。愛しい者を亡くしたのは、私だけじゃないって。でもそれと阿盈がもうこの世にいないことを受け容れられないのは、別の問題よね。ごめんなさい。ずっと話し相手を拒んでいたせいか、マリーが来たと聞いたとき、あなたなら何を言うのか、聞いてみたくなった。試したりして、ごめんなさい」

マリーはとんでもないと首を横に振った。

「私は、公主さまのお顔を拝見したかっただけです。哀しみが深すぎて、体調を崩してはおられないかと心配で。鈕祜祿の奥さまも、ご次男を亡くされたときは何ヶ月もお食事が喉を通らなくて」

和孝公主はひと匙分だけ欠けたブラン・マンジェに視線を落として、儚く微笑んだ。それから黙って最後のひとかけまで食べ終える。

「ごちそうさま」

和孝公主の蠟のように白かった頬に、少しだけ血色が戻ってきた。マリーは心からほっとして、冷めたお茶を淹れ替える。

「あの、ガトー・ショコラも持ってきました。食欲のないときには、ちょっと重たいお菓子ですけど。ショコラは心を癒やすとも言われているので。もしよければ」

「ありがとう。でも、ガトー・ショコラは豊紳殷徳さまといっしょにいただくわ。それまで、阿盈の祭壇に供えてもいいかしら。あの子もショコラは大好きだったから」

震える口角を上げたその笑顔が、哀しみを本当に乗り越えたものかどうか、マリーにはわからない。それでも、マリーは和孝公主の瞳と肌に生気が蘇ってきたことが確信できた。

「ええ、もちろんです」

それからさらに半刻あまり、マリーは和孝公主の語る阿盈の思い出話に耳を傾けた。

慶貝勒府に嫡子となる待望の三男が誕生したのは、それから数日後のことであった。最も若い妃の武佳氏が男子をあげたことは、王府じゅうに喜びをもたらした。三人の妃たちの心中はともかく、王府の未来を引き継ぎ、盤石のものとするであろう男子の誕生と、健やかな成長を祈らぬ者は、ひとりもいなかった。

この春から初夏にかけて、マリーは祝儀に配る菓子作りに忙殺された。

第二話

奸臣誅殺、郡王妃薨去

嘉慶四年~嘉慶六年
西暦一七九九~一八〇一年
北京内城

慶郡王府の糕點師と、乾隆帝の崩御

嘉慶四年正月三日（西暦一七九九年二月七日）、乾隆帝が八十七歳でついに崩御した。

マリーの本音を言えば、心から太上皇帝の喪を悼む気持ちにはなれなかった。乾隆帝は皇十七子の永璘の画才を封印し、最後まで冷遇し続けた無理解で無慈悲な父親であり、毎年のようにマリーと慶貝勒府に気まぐれな無理難題を押しつけてきた、局地的な暴君であったからだ。

しかも晩年にあたって、その暴君ぶりは慶貝勒府限定ではなかった。皇帝位を譲った嘉慶帝に政治の実権を渡さず、息子の頭を押さえつけて政務を執り続け、朝廷は寵臣の軍機大臣和珅が壟断するままに任せていた。

かつては明晰な頭脳と公正な政治で、英明の天子として評判の高かった乾隆帝だが、老いてからの事績には多くの疑問が残されている。父帝の長すぎる治世のために溜まった膿を、絞り出して取り除く機会が、ようやく嘉慶帝顒琰に訪れた。

親政にあたって、嘉慶帝が弟の永璘を郡王に昇爵したことは、王府に喜びをもたらした。慶貝勒府は慶郡王府と改められ、王府正門の額の掛け替えのときには、大勢の使用人が通りに並んで、新しい扁額が掲げられるのを見守った。

マリーもその中にあって、小蓮と手を握り合って新しい時代の予感を味わった。

だがその直後に、嘉慶帝は軍機大臣の和珅を弾劾して投獄し、そして溺愛する妹公主の嫁ぎ先の家宅捜索を命じた。大勢の役人や兵士が和珅の豪邸になだれ込み、和珅が三十年の間に貯め込んだ財宝を運び出させた。さらに、おびただしい数の人間たちが引きずり出され、悲鳴を上げあるいは嗚咽を漏らしながら連行されていったという。

マリーは王府の外から流れ込んでくる人々の噂に愕然とした。

「公主さまはご無事かしら」

すぐに公主府に駆けつけたいと思っても、それができる立場ではない。家宅捜索で殺気立つ邸内で誰何されれば、マリーもまた不審者として投獄されてしまうだろう。

『わたくしはだいじょうぶ。十五兄さまはわたくしを愛おしんでくださるから』

唐突に、和孝公主の言葉が耳の底に響く。

何年前のことだったろう。兄と舅の確執について、和孝公主がマリーに打ち明けたときのことだ。その日、和孝公主は和珅の汚職と貪欲さを批判し、兄の永琰――現在の嘉慶帝――が和珅を憎むのは仕方のないことだと肯定した。

『このままでは、わたくしと豊紳殷徳さまの将来は、平穏なものではないでしょうね』

そう重々しく断言した和孝の、静かだが厳しい眼差しが、マリーの脳裏に鮮明に蘇る。

和孝公主は、いつかこのような日がくることを予見していた。

では、あの剛毅な皇女はいま、役人たちが邸内を土足で歩き回り、和珅が不当に貯め込んだ財貨を運び出すのを、毅然と顔を上げて見つめているのだろうか。和珅の長男である豊紳殷徳もまた、家族とともに連れ去られたのだろうか。だとしたら、和孝公主はあの宏大な邸にたったひとりでたたずんでいるのか。

居ても立ってもいられず、マリーが洋式甜心房を行ったり来たりしていると、「趙小姐」と声をかける者がいた。

「黄丹さん」

戸口に小柄な太監が立ち、マリーが招き入れるのを待っている。

「黄丹さん、和孝公主がまた大変なことになっているそうだけど、老爺はどうなさっているの？　公主さまを庇ってくださるのですよね？」

矢継ぎ早に出される問いには答えず、黄丹はマリーに落ち着くように身振りで示した。

「公主さまはご無事です。天爵さまもご一緒です。公主府の門は固く閉ざされ、捜索の者たちは一歩も足を踏み入れることは許されません」

それを聞いて、マリーはほっと息を吐くと、近くの榻椅子に座り込んだ。

「皇上は家宅捜索の勅命に先だって、老爺に御前侍衛をお授けになり、公主府の警護を御命じになりました。奴才は老爺に、ことが王府に届くほどの騒ぎになったときは、趙小姐に事の次第を伝えておくように言いつかっておりますので、こうして参りました」

「事の次第」

マリーはオウム返しにつぶやいた。

「といっても、奴才も詳しいことは知らされておりません。確かなことは、公主さまと天爵さまはご無事であることと、公主府を踏み荒らす者はいないということです」

マリーは両手を頬にあて、それから顔を覆(おお)って深呼吸を繰り返した。

「私にできるのは、黄丹さんの言葉が事実であるように祈ること、老爺のお心を信じることだけなんですよね」

むしろ、あの聡明(そうめい)な和孝公主が、この日のくるのをただ手を拱(こまね)いて待っていたとは思えない。乾隆帝の寿命が尽きたときに、和珅(ヘシエン)の身に起きることを、予想していなかったはずがない。どの皇子よりも剛毅で賢明であると言われていた和孝が、この危機を乗り越えられないはずがないのだ。

マリーは固く組んだ両手を額に当てた。

それまで国政を壟断し、国庫に納めるべき公金を着服し、地位と権力を濫用(らんよう)して旗人(きじん)には禁じられている商売で暴利を上げ、蓄財に励(はげ)んでいた和珅には、処刑を免(まぬが)れる道はなかった。最も貪欲で汚職にまみれた大臣として、和珅はその名を清朝史に残すだろう。

十日後には和珅の死罪が確定した。

官民の両方から恨(うら)みを買っていた和珅の処刑方法には、もっとも残酷な凌遅(りょうち)刑を求める声が多かったが、嘉慶帝は縊死(いし)を促す白綾絹(しらあやぎぬ)を賜(たまわ)ったという。

和珅が三十年をかけて築き上げた、国家予算十五年分に及ぶという財産はすべて没収され、国庫に納められた。

「軍機大臣が誅殺された」

「黄金にして五百八十万両だってよ」

厨房の片隅で、厨師たちが額を寄せ合い、ささやきを交わす。

「ちょっと想像もつかないな」

「いや、黄金だけで五百八十万両ってことだよ。銀とか貸し付け金とか、家財にあちこちの土地やら家屋とかは別だろ」

「ますます想像できん」

「そんなに貯め込んでも、あの世には持って行けないんだな」

「掻き集めた手段があこぎすぎて、子孫にも残せないんじゃあな」

「一族は残らず処刑されたんだから、どのみち子孫に金の心配は不要ってことさ」

「長男は生き残ったろ。先帝の公主の婿だからな」

「離縁はさせられなかったのか」

そうした噂話を、マリーと小蓮は聞き流す。もともと、厨師たちは女が世間話に加わることを嫌うため、業務上必要でなければふだんから雑談することはない。

マリーは世界一の富豪和珅の莫大な財産の行方よりも、そのひとり息子の豊紳殷徳と、その妻である和孝公主の行く末が心配であった。

一人息子を亡くし、まだ次の子も授からないうちに、家長の和珅が断罪されたのだ。嫡子の豊紳殷徳は辣腕の父に似ず朴訥で気が弱く、一家は族滅の危機になすすべもない。ただかれの妻であり、皇帝の溺愛する末の妹、和孝公主の取りなしにすがるしかないという。豊紳殷徳は爵位を削られたが、職位はそのままとされた。

この一連の騒動のあいだ、マリーは最後まで和孝公主を訪れることができなかった。罪人の家族と接触することは、親族でさえ忌避するところだ。公主府の警護に当たっているのが、皇帝の信頼を受けた永璘だとしても、立場の微妙な在留西洋人のマリーが公主府を訪れることで、嘉慶帝の不興を買ってしまう可能性もある。

和孝公主のもっとも近い親戚として、鈕祜祿氏の送る見舞い品の中に、和孝公主の好む洋菓子を差し入れることが、マリーにできるただひとつのことだった。

そうした日々のなか、慶郡王府の跡継ぎとなる三男は無事に三歳の祝いを迎え、綿愍と名付けられた。清国では生まれた年から一歳と数えるので、西洋の数え方では二歳なのだが、北京暮らしもまもなく十年となるマリーは、以前ほど違和感を覚えない。

ただ、嫡子の誕生祝いは王府の内側でひっそりと行われた。太上皇帝の喪が続いていたためだ。

外はともかく、王府の内側は祝賀の空気で盛り上がり、マリーを筆頭とする洋式甜心房は、祝い菓子を大量に作るのにおおわらわであった。

大きな型で焼き上げて飾りつけたガトーや、薄く伸ばした甘い生地のパート・シュクレを土台にして、各種の果物を敷き詰めたタルトなどのフランス菓子は、清国人には不評だ。

パティシエール見習いのマリーを北京に連れてきた当主の永璘でさえ、卓上で切り分けたり、箸や指先でつまんで食べられない菓子にはいい顔をしなかった。

料理は大皿に盛り付けて、それぞれが自分の碗や小皿に取って食べるのは、清国における平凡な食事風景だ。だが、色をつけたマジパンや糖衣、果物やクリームなどで飾りつけられたガトーの華やかさは称賛するものの、その完成された状態を前にすると、切り分けることを躊躇し、どうしていいのかわからなくなるものらしい。

口に入れるものはすべて、盛り付けられ卓上に置かれた時点で、箸か匙で一人分ずつ取れる状態でなくては、甜心としては受け容れられないもようだ。

そのため、マリーの作る洋式甜心は、土台となるガトーを飾りつける前に小さく切り分け、ひとつずつクリームを塗ったり糖衣で覆ったりして、小さなプチ・ガトーに仕上げたものを、大皿に並べていく手間がかかる。タルトも受け皿となるパイ皿やパート・シュクレは人差し指と親指でつまみ上げられる大きさにして、そこにカスタードクリームを薄く塗り、刻んだ果物とクレーム・シャンテがタルトからはみ出さない量を添える。

ほぼ毎日大量に作っては消えていくのは、角が立つまで泡立てた卵白と砂糖だけで焼き上げるメレンゲの菓子だ。さくっとした外側の歯ごたえと、口の中で溶けるように崩れていく食感で人気がある。日々大量の卵白を泡立てるのは、新帝が即位した年の終わりにマリーたちの甜心房に連れてこられた最初の徒弟で、パン職人も兼ねる甘先生の息子のひとりだ。名を甘冬建といい、十五で修業を始めてすでに三年になる。

フランスのようにパン職人だ、菓子職人だと区別せず、道具や材料をひとつひとつ教え、簡単なレシピから習得させている。徒弟仲間であった李二もまた十五で慶貝勒府の厨房で働き始め、修業をともにしたことを懐かしく思いながら、マリーにとっては小蓮に続いてふたりめの徒弟となる甘青年の指導を楽しんでいた。

助手の小蓮や甘親子には、マリーが清国人の口や食習慣に合うようにアレンジしたフランス菓子のレシピを教えてきた。

マリーが渡華するおよそ二百年前、宣教師が東洋の国々へ布教に訪れた当時は、カトリックの流儀を押しつけるあまり、清国人の信徒や明清の政府との衝突があったという。そこに妥協点を見いだし、布教側が譲歩することで、清国人の伝統や慣習を尊重し、キリスト教を広めたのがイエズス会の宣教師であったと、マリーは絵の師であるパンシ神父や、いまは亡きアミヨー神父に教えられた。

フランスの伝統菓子の形状や給仕の仕方を、東洋の習慣に合わせて変えることくらい、宗教や政治を巻き込まねばならなかった聖職者の葛藤に比べれば、どうということはない。

もちろん、はじめのうちは葛藤があった。いまでも、フランス式の豪華なガトーや、大判パイを作りたくなるときはある。そこで、北堂のミサに参列する休日は、パンシや顔馴染みの宣教師たちのために、大きな型で焼いて、念入りにデコレーションしたガトーや、クリームたっぷり、フルーツこんもりのタルトを手土産に持っていく。

もはや乾隆帝を喜ばせるために、円明園四十八景を題材とした工芸菓子を作る必要もなく、好きな菓子を好きなだけ作ることのできる、非常に充実した毎日が送れる。

次の休日、マリーは小さなフルーツタルト、無発酵チーズをパイ皮で包んだタムルーズ、カスタードクリームを挟んだシュー・ア・ラ・クレームと、西洋人にとっては『普通』の大きさのガトーを提盒に入れて北堂へと向かった。

ミサを終え、絵のレッスンのために別室へ移る。大量の菓子を受け取ったパンシは笑みをほころばせたが、すぐに憂いを帯びた眼差しで嘆息した。

「次からは、この半分の量でいい」

昨年、またひとりの宣教師を神の御許へ見送ってから、パンシの見た目にも急速に老いの影が忍び寄ってきた。太上皇帝の崩御より数ヶ月早く逝去したのは、西洋人ではなく、清国人の神父であった。フランスに渡り、十三年を留学に費やした楊徳望神父の享年は六十五。パンシよりたったひとつだけ年上だったのだ。パンシが気落ちするのも無理はなかった。

年々数を減らしていくのは、北堂の宣教師だけではない。マリーに親切であった南堂のポルトガル人宣教師ロドリーグは、嘉慶帝即位の三年前に他界している。残された神父たちはフランス語が堪能でないためか、挨拶以上のかかわりは築けなかった。

欧州の風景と習慣を知り、母国語で話せる人間がひとり、またひとりと世を去って行く寂しさは、マリーも同じだ。まして、パンシはいまや北京にただひとりのイタリア人だ。イタリア語で本音や思い出を交わすことのできる相手は、手の届くところにひとりもいない。

「ああそうだ。マリーに小包が届いていた」

湿っぽくなった空気を払いのけるように、パンシは卓の上に油紙の包みを取り上げ、マリーに手渡した。

「ジョージ・トーマス？　スタウントンの若さまからですか」

送り主の名を見たマリーは、驚きと喜びに目を見開いた。急いで包みを開ける。中からは、バーガンディの優しい紅紫色の布張りで装幀を施した一冊の書籍が出てきた。表題はフランス語ではない。ただ、著者の名前と思われる箇所には、マリーのフルネームが書かれていた。

「これ、これ――」

本を広げ、パラパラと頁をめくると、どれも見覚えがあるマリーが描いた菓子の挿絵が載っているが、本文は英語の見本版であるらしい。

「トーマス若さま、本当に、翻訳してくださったんですね」

このごろは嬉しくても哀しくても涙もろくなっていたマリーは、このときも目頭が熱くなって慌てて手巾を引っ張り出した。

マリーの書いたフランス菓子と中華甜心のレシピ本のフランス語版が仕上がり、その初版を出したのが嘉慶元年の終わりごろであった。マリーはそのうちの一冊を、かつて英国の全権大使使節団の一員として、清国を訪れたスタウントン準男爵の子息、ジョージ・トーマスに贈呈することをパンシに頼んだ。

マリーはもちろん、パンシもその当時トーマスがどこにいるのか知らなかった。外交官の父について、世界中を渡り歩くトーマスの手元にマリーの本が届くのに、どれだけの年月を要するのか、まったく想像がつかない。どうかすると転送に次ぐ転送で、どこかの海の上で紛失してしまうのではと、悪い方へ想像が働いてしまう。

ただ、ロンドンにあるというスタウントン準男爵邸の住所は教えられていたので、そこに送っておけば、いつかはトーマスの手に渡るであろう。そのように発送の手配を終えてからは、船が沈みませんようにとマリーは祈るばかりだった。

また、パンシや他の宣教師の縁故によって、フランス本土と各植民地の総督や富豪にも寄贈したが、返信や増刷の打診もなく年月は過ぎ、マリーはいつしかフランス語版レシピ本のことは、ほぼ忘れていた。

パンシの推測によれば、フランス本国はいまだ革命の混乱にあり、一部のブルジョアを除いては、日常の食事にも事欠く庶民に、お菓子作りの余裕はないのでは、ということであった。裕福なブルジョアや亡命貴族には、すでにお抱えの熟練パティシエがいて、無名の若い娘の書いたレシピ集は、必要とされないのだろうとも。

マリー自身も、これからパティシエを目指す見習いや、家庭の主婦が読んで参考にできるようにレシピを編んだ。だが、そうした層はそもそも読み書きの教育を受けたことがない。文字を読めない相手に本を書いても、売れるはずがないのだ。

それでも、マリーが一般人向けのレシピ集を書いたのは、世界のどこかに、自分のように菓子を作りたくても、師匠や適した職場を得られない誰かの手に届けばいいと願ったからだ。そして何より、父の残したレシピを再現しながら、中華の甜心も学んできたマリーは、その記録を残さずにいられなかった。西洋の菓子の多くは、小麦粉と卵と牛乳があれば作れる。そこから広がるバリエーションは、それぞれの想像力によって際限なく増えていくだろう。

さらに、アミヨー神父が生前言い残した言葉にも希望があった。

あらゆる意味でマリーの家庭と将来を破壊し、王政を破滅させたフランス革命であったが、その後に掲げたスローガンに、国民の平等というものが謳われていたという。マリーの家は庶民階級とはいえ、貴族に仕えることで生活を立ててきた。王政や身分制が何千年も続いてきた世界を疑うことなく育ったマリーには、理解しがたい思想であったが、貴賤に関係なく、国民のすべてに教育が施されるという思想は、耳に心地よく響いた。

ジョージ・トーマス・スタウントンは十二歳にして七言語を操る天才であったが、物心ついたころから、一日に何時間もかけて勉強してきたのだとも語っていた。マリーが仏漢の二カ国語を話すだけではなく、独学によって読み書きもできることを知ったトーマスはとても驚き、早いうちから教師について学ぶことができていたら、マリーの才能と可能性は計り知れなかったであろう、と庶民に生まれたことを惜しんでくれた。

菓子作りが好きなだけ、という自分でさえ、二カ国語を操ることで異国でもパティシエールとして自立できたのだ。すべての国民が教育を受けたら、誰もが本を読めるようになる。そんな世界ならば、どれだけたくさんの人々が、マリーの書いたレシピ本を読んでくれるだろうか。そんな夢想にも助けられて、マリーはレシピ集を出版することができたのだ。

アミヨーは『ただのスローガンだ。実現可能かどうか、生きて見届けることができないのは残念だ』とも語った。マリーは自分が生きているうちに実現するといいな、とぼんやり思う。

また、マリーがトーマスに初版を送ったのは、これをきっかけに文通が始まり、北堂の神父たちが言葉を濁し（にご）がちなフランスの実情を、より正確に教えてくれるのでは、という期待もあった。ただ、フランスとイギリスは戦争状態であるとも聞いていたので、期待はしないように、自分に言い聞かせてもいた。

ところが、トーマスから丁寧（ていねい）な返礼が届いたのは思いのほか早かった。一年と半年もかからず、正確なフランス語で書かれた書簡がマリー宛に北堂に届き、初版本の礼と近況が書かれてあった。

出会ったときは十二歳の少年であったトーマスは、ケンブリッジ大学で学問を修める（おさ）青年となっていた。外交官を目指しているだけあって、帰国してすぐにフランスの革命と戦争の情報を集め、当時の欧州の状況を把握（はあく）しようとしたらしい。その大まかなところをマリーにもわかる平易（へいい）なフランス語で書いてくれたのは、とてもありがたかった。

フランスとイギリスは敵対していたとしても、清国で交わした友誼はフランスの現状をマリーに報せてくれるのに、充分であったようだ。

トーマスがイギリスに帰国する少し前まで、フランスはまさに亡国の様相を呈していたという。

戦争は負け続けて、欧州の列強にフランス本土も植民地も侵食され、政権を巡って派閥闘争を繰り返す中央の混乱に便乗した貴族が領地に戻り、違法に税を取り立てた。物価は高騰し、人々は餓え、貧民の救済によって民衆の支持を得た過激的党派が実権を握った。

そこから始まった恐怖政治よって、反革命の烙印を押されたフランス国民が、正当な裁判も受けられずに、次々とギロチン台に送られ、あるいは銃殺された。情報は錯綜し、正確な記録は不明で、処刑された人々の数は何万と推定されるとトーマスは述べていた。

だが、トーマスが帰国したころには、過激派の筆頭が失脚したことで、その嵐もおさまっていたという。穏健派がふたたび力を取り戻し、トーマスが返信の手紙を書いているこのとき、共和国として憲法が制定され選挙が行われて、新しく総裁政府が成立したところであると、マリーの故国について教えてくれた。ただ、イギリスとフランスの間で起きている戦争については、ひとことも触れられていなかったのは、さすがに外交官志望であると感心させられる。

そして、菓子のレシピ本への礼が述べられ、もしマリーの許可が得られれば、英訳して英語圏での出版も検討して欲しいと結んであった。

英訳版の出版についてはまったく異論のないマリーは、すぐに了承の返事を送った。

それから一年で英訳版ができあがるとは、あまりにも早すぎる。マリーの許諾が届くのに半年以上かかるのだから、トーマスは仏版の初版を手に取ったときにはすでに、翻訳を始めていたのだろう。

あの天才児にかかれば、マリーが二年近くかけて執筆したレシピ本を翻訳するのは、大学の課題を片付けるよりも簡単なことだったに違いない。実際、レシピの仏語文章は、難しい文章を読めないであろう人々にも興味を持ってもらえるよう、とても簡潔にまとめてあるのだから。

「それにしても、スタウントン準男爵の子息と縁故ができたのは、マリーにとってとても幸運なことだ」

マリーが手渡した英語版を一通り流し見たパンシ神父は、感慨深げに言った。

「いまヨーロッパで最も力を蓄えているのはイギリス王国だ。フランスの菓子について学びたいのは、むしろフランス人ではない菓子職人であろうから、これは期待できる。しかも、トーマスはマリーのことをとても気遣ってくれているようだな。すでにロンドンの出版社に話を通して、版権の委託契約についても段取りをしてくれている。確かに利発そうな少年ではあったが——かれはいま、何歳になっているのかな」

パンシは英仏両言語で書かれた契約書を卓上に広げ、額に手を当てて、ひたすら驚いている。

「いま現在は、ええと、十八歳ではないでしょうか」

マリーは最後に会った年から指折り数えて、自信なげに答える。

「トーマスは稀に見る逸材だ。まさに漢語に云うところの後生畏るべしというべきかな。いっぽうフランスでは多くの人材が国外に逃れ、あるいは処刑されてしまった。かつての勢いを取り戻すのに、どれだけの時間がかかるだろう。これからはイギリスの時代だ。マリーはこの契約書に署名をするのかね。英語版が出れば、インドやアメリカまで読者の範囲が広がる」

マリーはフランス語で書かれた契約書を読んだが、よくわからなかった。出版の手続きや、印刷業者に委託される版権の意味も知らず、そもそも著作権特許なる言葉と概念について知識を持たないマリーは、著作権使用料の振り込まれるべき欧州の銀行に口座を持たない。

契約書に書いてある内容を理解することが、まずもって不可能であった。

「私の書いたレシピが、世界の人々に読まれることになるなら、それもいいと思いますけど」

マリーは原稿を完成させただけで、本を印刷したり、頒布することは、教堂のパンシと永璘に任せきりであった。

「だが、マリーの名のもとに出版された本が生み出す利益は、君の取り分でもある。漢語版のレシピ集は売れているのかね。清国では著作料はマリーに支払われる契約になっているのかな」

「え……」

漢語版のレシピ集は、仏語版よりも半年遅れて出版された。世話になった随園老人や、永璘が懇意にしている王府の厨師へ献本した以降のことは、本が売れたかどうかもマリーはあまり気にしていなかった。そもそも、王府に閉じこもりがちで外出することがほとんどなく、城下にでかけて書籍を売っている店を見て歩くこともないのだから、世評を知ることもなかったのだ。

「どうなんでしょう。慶べイ、あ、その――郡王殿下にお任せしているので」

随園老人こと袁枚からは、好意的な礼状とレシピの内容に問い合わせがあり、書簡を通じての交流がその没年まで続いた。袁枚は南京の友人にも贈りたいというので、二十冊ほどさらに送った。あれは注文のうちに入るのだろうか。袁枚は追加分の書籍代を支払ったのだろうか。

マリーはおそるおそるパンシに訊ねた。

「本が売れると、お金になるんですか」

パンシや永璘と話し合っているうちに、どれだけの職人や商人の手を介して、本ができあがるかを学んでいたので、マリーは本を出すためにたいへんな費用がかかることは知っていた。その出費に見合うほど、自分の本が売れたらいいなとも思っていた。もしも利益が出たのならば、後援者である慶貝勒府や、北堂教会で分け合ってくれたらいいと。

もともと芸術や文学といった活動は、才能のある富裕層の娯楽であった。庶民層が何か創り出したり、表現しようとすれば。後援者の支援と保護があってこそ可能であると、マリーたち一般人は考えていた。創作物の作り手が大衆からお金を受け取ることができるのならば、名曲の数々を生み出した宮廷音楽家や、名画を残した画家が、後援者との縁が切れたのちに貧困と借金に苦しむことはないはずだ。

だが現実では、世界中でその名曲が演奏されているかの天才作曲家のモーツァルトでさえ、貧困の果てに世を去っている。

どう説明すればわかりやすいのかと、パンシは少し考えて答えた。

「国によって、著作者が受ける恩恵は異なるので、なんともいえんが」

教堂が印刷して頒布するのは、聖書の複製か宣教師らの研究に関する論文であり、商業的に売り出すのが目的ではない。アミヨーらの著作はフランスで刊行されているが、それも非常に読者が限定される専門書だ。これも、フランス王家やローマ教会が後援者であったからこそ、成し遂げられた事業である。

「文学の盛んな国では、後援者を持たず売文によって生計を立てる著作者が少なくない。あるいは、書籍の販売によって収益を得る印刷業者が、作家の支援者となったともいえるだろう。しかし、欧州言語の刊行物は、印刷機があれば著作者の許可がなくてもいくらでも複製し、販売ができる。それにより、著者や著者と契約している印刷業者には、生活や事業が成り立たなくなる損失を蒙る。そのような被害を防ぐために、欧州の国々では、かれらの権利を保護するために法律が作られた。マリーは『独占権』、あるいは『特許』の概念を理解しているかね」

マリーは素直に首を横に振る。パンシは条項のひとつを指し示した。

「フランス語の契約書をごらん。この『Brevet d'invention』の部分だ」

そして、英語の契約書では『Patent』と書かれた部分を同時に指す。

著作権の保護を目的とした法律の制定が、もっとも進んでいるのはイギリスだとパンシはいう。

「マリーに直接関係する部分を簡単に言えば、レシピ集の著作権は著作者であるマリーが一定期間独占し、書籍を刊行する権利はトーマスが推薦しマリーが出版を委託するこの印刷業者が有する。刊行した書籍による利益の何割かは、業者から著作料としてマリーに対して支払われる」

「はあ」

「まあこれは、イギリス国内でだけ適用される法律だからね。だれかがマリーの書籍をアメリカに持って行って無許可で複製し、勝手に販売して利益を奪われても、著作者は何もできない。フランスに同様の法律があるかどうかは、調べてみないとわからない」

遠い異国の誰かが、マリーの本で金儲けを企むかもしれない。その可能性を考えられないでいるマリーに、パンシは契約書の一行一行を説明してくれた。

「――とまあ、契約書はマリーの権利と将来発生するであろう利益の配分に配慮した、公正な内容ではある。英語の契約書に同じ内容が書かれているかどうかは、英語が読める者に確認してもらわねばなるまいが、このように英訳版の見本まで製本されているということは、マリーが契約書に署名すれば即座に印刷、出版する準備ができているということだ。まだ学生の身で、ずいぶんと手回しがいい。やはり逸材だ」

トーマスからの小包を開くまでは、どこか無気力な影を背負っていたパンシの空気が、いくらか明るくなった。ヨーロッパの風を、トーマスからの贈り物と手紙に感じたのだろうか。

トーマスの持ちかけた出版契約に署名をするかどうかは、パンシが英仏両方の契約書をじっくり検分してからということにして、マリーは北堂を辞した。

英語版の見本を大事に胸に抱えて慶郡王府に帰宅したマリーは、執事に永璘との面会を申し込んだ。すぐに黄丹が迎えに来て、後院の正房についてゆく。トーマスから送られた見本を受け取った永璘は、驚きと興奮を瞳に浮かべて中を開いた。

「英国、といえば、六年前に朝貢使を送ってきた国か」

「全権大使です」

マリーはさりげなく訂正した。貝勒から郡王になっても、永璘は永璘だ。

「うむ。三跪九叩頭の礼を拒んだ大使だな。よく覚えている。皇上に対して一歩も引かなかった傑物だ。かれらと懇意にしていたのか」

永璘は眉間に小さな皺を寄せて訊ねる。

「小姓をしていたトーマスという少年がいたのを覚えておられますか。大使の秘書のご子息です。とにかくお菓子やパンをよろこんで食べてくれたので、レシピ集の初版を寄贈しました。そしたら去年、英語版の出版を勧める返信をもらいました。で、これがトーマスさんの用意してくれた見本です」

永璘は顔を上げてマリーを見つめ、真面目な顔つきで見本の表紙に目を落とした。

何か言いたいことがあるのだが、言葉が見つからない、といった風情だ。以前、トーマスから返礼の書簡をもらったときは、永璘に報告しなかった。まさか本当に翻訳版ができるとは思っていなかったので、永璘を煩わせたくなかったのだ。いまになって相談もなしに英語版の見本ができていたことを知らされて、永璘は不快に感じているのだろう。

マリーがおどおどと顔色を窺っているのを察したのか、永璘は薄く笑って言った。

「袁枚のように、マリーは欧州における食の有名人になるかもしれないのだな」

微笑んでいるのに、どこか寂しそうで、そしてあまり嬉しくなさそうでもあった。

「そういえば、漢語版は増刷を重ねていると報告があったな。このまま順調にいけば、マリーに店の一軒も持たせてやれるだろう」

どきりと胸が鳴り、マリーは返答しようにも言葉に詰まる。それから、押し出すようにして「ありがとうございます」と言った。

永璘は英語版をマリーに返し、それが退室の合図と察してマリーは正房を下がった。

いろいろと割り切れない気持ちが胸にわだかまる。

マリーの書いたレシピ本が別の外国語に翻訳されて出版されることを、永璘は喜んでくれなかったこと。漢語版が売れているのは嬉しいが、その利益は著者のマリーではなく、慶郡王府の収入となっているらしいこと。とはいえ、レシピ本から得られる収入は、マリーの将来のために使おうと永璘は考えているようであること。

がっかりしたり、少し嬉しかったり、そんな感情がモザイクやマーブルのように入り乱れて、なんともすっきりしない。

マリーは慶郡王府の使用人であり、永璘が出資と業者を手配してくれなければ、レシピ本は刊行できなかった。つまりマリーと永璘は芸術家と後援者の関係であり、書籍の収益についてどうこうする権利は永璘にあるのだ。

レシピ本を出したことで、マリーの名は北京に広まりつつある。和孝公主の誕生祝いの席でも、爵位持ちの旗人が向こうからマリーに声をかけ、敬意を払ってくれた。女だからという理由で蔑まれることは減っていると思う。

「――権利とか配分について、はっきりさせた契約を交わしたわけでもないんだし」

マリーはこの日に新しく覚えたフランス語と英語の語彙を、舌の上で転がしてみた。トーマスの送ってきた契約書とその文章を思い返し、西洋の世界は自分の知らなかった仕組みで動いていることを実感する。

十五でパリとヨーロッパを出てきてしまったマリーは、いつか帰るかもしれない故郷が、まったく未知の世界であることを、再認識することになったようだ。

「まあでも、私はパティシエールとして生計を立てるんだから、本が売れたからといって、お金のことは考えない方がよさそう。いくらか本が売れて、北堂や王府が潤(うるお)うのなら、これまでの恩返しにもなるんだし」

その上で著者として自分の名前が東西の世界に知られることが、女を見下げる厨師やパティシエに対する盾(たて)になるのなら、それはお金にまさる収穫だといえる。

「うん。それでいい」

釈然としない気持ちはまだ残っていたが、ドラジェのように小さく丸めて、胸の隅に掃(は)き寄せることに成功した。

マリーはトーマスの送ってきた契約書に署名することを、心に決めた。

王府の移転と、新しい甜心房

朝廷が没収した和珅(ヘシエン)の邸宅は、北京内城の北側にあり、南北の長さが約三百三十メートル、東西は百八十メートル余りである。敷地内の全面積は約六万千百二十平方メートル、住居などの建物の占める面積が三万二千二百六十平方メートル、花園もしくは翠錦園(すいきんえん)と称される庭園の面積が二万八千八百六十平方メートル。

嘉慶帝はその住宅部分の土地と建物を末弟の永璘に、庭園部分を異母兄の成親王永瑆に下賜した。内城の南側にあった慶郡王府は、皇城の反対側へと引っ越すこととなった。

これまで慣れ親しんできた王府の三倍以上の宏大な敷地には、三十近い建物と大小の庭園がある。豪壮な建物の数と自然の山野を模した花園の規模は、紫禁城の後宮のそれに匹敵するかもしれない。

移転の前に永璘の正房に呼び出されたマリーは、洋式甜心房の場所をどこに希望するかと訊かれた。しかし、和孝公主の嫁ぎ先を侵略するようで、マリーとしてはどうにも居心地が悪いことを正直に告げた。

永璘は意外そうに眉を上げ、マリーにわかりやすいように言葉を探して諭した。

「和孝の爵位は変わらず、固倫公主の財産は安堵されている。つまり公主府は現状そのまま、年給もこれまで通りだ。豊紳殷徳は爵位こそ削られたが、公職に留まることは許された。むしろ和珅が無法に得てきた収入と蓄えた資産なしに、この規模の邸宅を維持することは誰であろうと不可能だ。宗室の兄弟で分け合うことで公主府と和孝を守ってゆこうというのが、皇上のお心なのだぞ」

和孝公主と豊紳殷徳の住居である公主府を、慶郡王府が包含するような形になる、と永璘は説明した。

妹の夫が受け継ぐはずであった財産を、兄たちが奪ったような形ではあるのだが、それは和珅が乾隆帝の寵愛を笠に、収賄と横領を重ね、政敵を陥れることで築き上げた権力と財産でもあった。満洲旗人には禁じられた各種の商売で暴利を貪り、密貿易で巨利を稼ぎ私服を肥やしてきた。

マリー自身は、和珅という人間を知る機会はまったくなかった。公主府を訪れたときに稀に姿を見ることがあっても、道や通路の脇に退いて定型の拝礼をするマリーに和珅が注意を向けたことはない。一介の菓子職人のほうから一国の軍機大臣に話しかけることも、もちろんあり得なかった。

世間が和珅に対してどのような心情を抱いているか、また嘉慶帝が一皇子であったころからどれだけ和珅を憎んでいたか、ということは、北京に暮らしていれば日頃から耳に入ってくることだ。そして和孝公主が不穏な感情を舅に対して持っていたことは、その言葉と態度から察してもいた。

乾隆帝の寵愛をいいことに、法律を枉げてあらゆる罪から逃れ、暴利をむさぼる和珅の罪を暴こうとして返り討ちに遭い、一族を破滅させられた官僚は少なくない。

和孝公主はこの日がくるのを何年も前から覚悟し、準備していたのだろう。父乾隆帝の寿命が尽きる前に、夫の豊紳殷徳だけでも処罰を免れるよう、兄帝との談合があったのかもしれない。

「豊紳殷徳は父親の狡猾さも強欲さも受け継いでいない、善良で小心な若者だ。放っておけば街を歩いただけで無頼のやからに身ぐるみ剝がされて、和珅を仇とする者に討たれる羽目になるだろう」

永璘は義弟の人物を容赦なく評する。

「無欲で正直な性格は美質といえなくもないが、父親の残したものを守ろうという気概も機転もないのでは、いささか頭が足りないのではとさえ思えてくる。豊紳殷徳のどこが良いのか、正直なところ和孝の心情は理解できないのだが、妹の哀しむところは私も見たくない。私の目の届く範囲に和孝と豊紳殷徳を置いておくことが、皇上の御心にも適うのだ。マリーが罪悪感を抱えることはない」

永璘自身が、実兄の嘉慶帝に『軽率で重要な職務を任せられない』と評されているのだが、皇帝はその弟に不遇の妹夫婦を守らせるつもりらしい。

「公主府の近くに洋式甜心房があれば、マリーも和孝を訪れやすくなると思うが、どうだろう。和珅が誅殺されて、宮廷の連中は和孝との交際を控えるようになり、孤立してしまっている。マリーが見舞いに通えば、いくらかは励みになるのではないかな」

このようないきさつから、思ってもみない形でマリーは北京の内城に半ば独立した自分の甜心房を持つことになった。

永璘の話したとおり、他の建物や庭は、隠し財産を疑われてあちこち荒らされ、掘り返されていたにもかかわらず、公主府はまったく手つかずで残されていた。

引っ越しの挨拶に訪れたマリーを、和孝は微笑んで迎えた。和孝の顔色は予想していたよりは健康的であった。夫の一族を襲った災難を嘆いている表情ではなく、結婚したその日から抱えてきた鬱屈と不安を、ようやく取り除くことができた安堵に、落ち着いた印象であった。

「一族でただひとり生き延びてしまった豊紳殷徳さまのお心の傷は、どのようにしても癒やせないのはわかっています。ですが、このようになるしか、ならなかったのです。和珅は先帝の庇護のない未来に、何も備えていなかったのですもの。権力と蓄財に夢中になるあまり、自分以外の家族が、我が子がどのような末路を辿ることになるのかも、念頭になかったようですから」

　皇女に生まれついたために、自らの意思で夫を選ぶことの許されなかった和孝ではあったが、強欲な父のもとに生まれてきた環境に毒されず、純朴で誠実な人間に育った豊紳殷徳とは、幼いころから心を通わせてきた。人よりも物事がよく見通せる和孝は、やがて襲いかかるであろう不幸から、幼馴染みを守りたかったのだろう。

　和孝公主は、心を病みかねない夫の現状を案じ、マリーに遠慮なく公主府を訪れるように頼んだ。朝廷と政治にかかわりのない一個人が、見舞いの客として顔をだしてくれるのは、よい気分転換になるのだと。

「マリーの甜心は、見た目も美しくて味は優しい甘さで、しあわせなときに食べるといっそう楽しく、つらいときに味わうと少し心が軽くなるの。傷ついた心を癒やせる、薬みたいね」

「ええ、ええ。もちろんです」

「公主府の厨房にもきてちょうだい。甜心作りは心が紛れて、余計なことは考えないですむの。でも同じものばかり作っていては飽きてしまう。そろそろ難しい甜心も教えてくれるかしら。マリー秘伝の何かを」

マリーもつられて微笑んだ。

「秘伝というか、新しいレシピを開発したいなと思っています。フランスの伝統と、中華の味のマリアージュ、みたいな」

「失敗もいっぱいしそうね」

公主と職人という、立場の異なるひとつ違いの友人同士は、顔を見合わせて笑い声を上げた。

永璘とその家族が住む宮殿群から隔てられ、王府内の一角に洋式甜心房を任されるのは名誉なことではあるが、鈕祜祿氏や阿紫から切り離されたようで切ない気持ちにもなる。

話を聞かされた小蓮も同じ心境になったらしい。

「そしたら、何かのはずみでさえ、もう老爺のお顔を拝することもなくなっちゃうね」

寂しそうにつぶやいた。

永璘の地位が上がり、マリーのパティシエールとしての独立が叶うにつれ、ふたりの距離は離れてゆく。そのことを改めて実感するマリーであった。

マリーは慶郡王府と公主府、花園から等距離にある二階建ての建物一棟を洋式甜心房にもらいうけた。三ヶ月の改築期間を経て、専用の倉庫と、かつての慶貝勒府（ベイレ）にあった洋式甜心房のオーブンと同じものを三基も備え、菓子工房は一度に五人の糕點師（ガオディアンシー）が働けるほど広い。

正面には手頃な院子（なかにわ）もあり、マリーはそこをテラスに見立ててテーブルと椅子をいくつか並べてカフェを設置した。コーヒーが手に入らないのにカフェもないのだが、パリのカフェでは紅茶やワイン、軽食も出していたので、問題はないだろう。

とくに名前はつけず、『洋式甜心茶房』とひとびとの呼ぶに任せた。

二階は休憩（きゅうけい）室兼事務室、そしてマリーと小蓮の居室にあてる。余った部屋は茶房の個室に改装して、使用人が面会にきた家族と喫茶（きっさ）できるようにした。

寝台や家具のそろった自分の個室をぐるりと見回した小蓮は、呆然としてつぶやいた。

「なんだか、こんな人生が待っていたなんて、信じられない」

下級の使用人として、一生を下女部屋で共同生活を送るものだと思っていたことが、夢のようだと。

マリーは笑いながら小蓮に釘を刺した。

「作るお菓子やパンの量が増えると、いまよりもっと早起きしないといけなくなるからね。職場の上で寝起きするのって、いいことばかりじゃないかもよ」

広い厨房と住み込みの設備もある館を、まるごと任されるのだ。必要なのは糕點師だけではない。茶房には給仕や掃除に熟練した要員もそろえなくてはならなかった。

マリーは同室の小杏(しょうあん)と小葵(しょうき)に洋式甜心房へ異動することを希望するなら、執事にかけあうことを申し出た。小杏たちの仕事は、茶房と工房の掃除と給仕という、いままでと変わらない内容で、給料も王府の規定に添ったものだから、あまり旨味(うまみ)はないけれど、と念を押す。

「そのぶん、朝は遅くてよいよ。お菓子とパン作りで一番忙しいのは職人たちで、未明から午前の半ばくらい。掃除や片付けはそれから。接待するのも、納品業者くらいなものだし、洗い物は徒弟や見習いもする。うちの部署で働く特典って、それくらいかな」

「あと、洋式甜心が毎日食べられる、ってのは？」

小葵が半ば本気で発言した。

「余ったのを分けるのはいいけど、つまみ食いは禁止」

「はじめから余分に作っておいてよ。いいね。甜心房で働きたい」

小杏が笑いながらそう応えた。

人員が増え、設備の規模が大きくなってしまうと、マリーひとりが糕點師では厨房が回らない。各種の料理を扱う膳房では部署ごとに局長がいて、その下に第二、第三の厨師と、それぞれに助手や徒弟がついていたように、甜心房も組織化を図らなくてはならないと悩み始めた。

まずは、小蓮と甘先生をパティシエに昇格させるべきかどうかが、悩み所だ。

フランスでは、パティシエは職人ギルドによって管理される国家資格であった。ギルドの定めた試験を経て徒弟から職人となり、経験を積んだ職人がギルドに承認され親方の資格を得て初めて、パティシエ部門の長（おさ）やパティスリーの経営者となる。

とはいえ、清国においては糕點師（ガオディアンシー）になるために特別な教育や資格は必要ない。そもそもマリーはパティシエールを名乗るための試験を受けていない。だから、そのような厳格さは必要ないのではと考えた。

マリーは小蓮たちに、知る限りのフランス菓子を習得したのちに、洋式糕點師としての免許を授（さず）けたいと提案した。

小蓮はマリーの書いた洋式甜心の食単（レシピ）を熟読させられ、すべてマリーの満足のいく菓子が作れるように、特訓を受けることに同意した。はじめはへこたれて文句ばかり言っていた小蓮だが、糕點師となれば給料があがり、助手や徒弟がつくことが励みになり、寝る時間も惜（お）しんで学び、働いた。

甘先生は糕點師になることに興味はないと断ったが、息子の冬建を糕點師として育ててくれるようにとマリーに依頼した。それでも、レシピにある限りのフランスパンを焼けるようになっていた甘先生を、糕點師と同等の資格で待遇（たいぐう）することに決める。

配下に菓子職人ことパティシエと、パン職人ことブーランジェがそろうことになるのだ。しかも工芸菓子にも通じた甘先生を、マリーが優遇するのは当然のことであったろう。

こうして、組織としての体裁が整ったところで、マリーは厨房を『洋式甜心局』にあらためた。

新皇帝の治世は、北京の内城に住む者たちにとっては、栄華を極めた先帝の時代とそれほど変化はなかった。平穏に過ぎて行く日常を謳歌し、マリーもまた日々忙しく洋菓子を作り、王府に納品する日々を送っていた。

二年も経つころには、洋式甜心の噂は都に広まり、官僚街の茶楼や屋台でも扱うようになっていた。そちらへの納品も加わり、いっそう忙しくなる。

内城の政庁に通う官吏は、出勤前には粥や麺類、あるいは饅頭ひとつなどの軽い早点だけで腹ごしらえをすませる。未明から出勤して一働きした官吏の空腹を満たすために、辰の刻（午前八時）には外城から漢人の牽いてきた点心の屋台が、官僚街に所狭しと並んで、朝食を売りさばくのだ。

その中には王府の自慢の点心を売り物にしている屋台もある。

パイの生地でチーズを包んだタムルーズ、バターたっぷりのクロワッサンは好評で、またイースト菌で発酵させた生地に肉餡を詰めた揚げパンや、パイ生地に小豆餡や胡桃餡を挟んだ仏華折衷の甜心も飛ぶように売れる。慶郡王府公認の幟を立てた洋式甜心の屋台は、店を開いても半刻（一時間）と経たず売り切れると評判になり、毎朝行列ができるほどだという。

こうした王府の内外からの需要に応えるために、洋式甜心局は増員の必要を迫られた。

慶郡王府の洋式甜心局は、糕點師長のマリーの下に、小蓮が第一糕點師、甘先生の息子甘冬建が第二糕點師として勤め、それぞれに徒弟や雑用をこなす見習い、パン職人と工芸菓子を兼任する甘先生にも、専用のパン工房と助手、そして徒弟がつくという、大所帯となっていた。

「こんなに人生順風満帆でいいのかなぁ」

二階のバルコニーで、業務を終えたマリーが小杏たちと午後のお茶と菓子を楽しんでいると、小蓮がぼそりとつぶやいた。

「毎日が忙しくて、めまぐるしくて、あまり考える暇がないんだけど、こうしてぽっかりと空いた時間に、ついこれで良かったのかなと思ってしまう」

マリーについてきた下女部屋の仲間たちは、すでに二十代の半ばとなっていた。清国では婚期を逃し養ってくれる夫を持たぬ、自ら労働しなくてはならない気の毒な女たちの部類に入る。小杏や小蓮は、貧しさや包衣という奴隷階級の出自から、もとから条件のいい結婚など望めない身分ではあったが、適齢期に結婚していれば、いまごろはふたりから五人の子どもたちに囲まれていても不思議ではない。

「さっき順風満帆って言ったばかりなのに？　小蓮は糕點師になったことを、後悔しているの？」

小杏が小蓮のつぶやきの矛盾を突いた。

「後悔はしてないよ。自分で選んだ仕事はやりがいがあるし、その稼ぎで親に仕送りを増やして、自分が使えるお金にも困らない暮らしが手に入ったんだもの。たぶん、最善の選択だったと思う。でもさ、そろそろ子どもは欲しい」

「子どもかぁ」

　小杏と小葵は顔を見合わせた。小葵が訊ねる。

「小蓮のお給料はいいんでしょう？　年季を繰り上げてもらえないの？」

　王府の使用人の多くは、包衣と呼ばれる代々その家に仕えてきた隷民や、金で売り買いされてきた奴僕たちであった。かれらは主人の財産であり、仕事や移動の自由はなく、ほぼその一生を奴婢として終える。

　小蓮の出自は清国を支配する満族旗人ではあったが、実家は没落して貧しく、家族を養うために王府に売られてきたという。家婢の身分から這い上がりたければ、買われてきたときに定められた年季を勤め上げるか、親に支払われた支度金を返済するかしなくてはならない。

「良民の身分を購おうと思えばできなくはないけど、そんなことしたら、親に仕送りをもっと増やせって言われそうだから、いまはまだいい。結婚したいと思える相手もいないうちは、家僕の身分のほうが気楽でいいよ」

　小蓮は苦笑して小葵の疑問に答え、マリーへと微笑んだ。マリーは飲みかけた紅茶を飲みそこねて、咳き込みそうになった。

「すぐに結婚しちゃう、って話じゃなくてほっとした。小蓮に抜けられちゃったら、困るよ。一から次の糕點師を育てないといけないのは、大変だし」

マリーは正直な気持ちを述べて、さらに言い添える。

「でも、家族は欲しいよね。結婚したい相手がいないって、本当？」

慶郡王府には、将来性のある男性の使用人がいくらでもいる。といっても、洋式甜心房が永璘ら主人の宮殿から離れてしまい、当然ながら膳房とも遠ざかったために、かつてともに働き、親しくしていた厨師らとは顔を合わせる機会もなくなっていた。

一般的には、その家の奴婢でもない限り、男女が同じ職場で働くことは、清国では非常識きわまりないことであった。女性が糕點師（ガオディアンシー）長を務める洋式甜心局という前代未聞（みもん）の特殊な環境と、王府というひとつの大きな家庭のなかであるから、なんとなく許されているが、夫人として家庭におさまるべき既婚女性ともなれば話は違ってくる。

小蓮の伴侶（はんりょ）となる者が宮廷厨師であれば、妻が働いているのは外聞が悪いとして、糕點師を辞めるよう要求するかもしれない。

庶民の感覚を持つ厨師ならば、やがては独立して酒楼や茶楼を経営することも視野に入れているかもしれない。その場合はともに働ける伴侶を迎えることに、そこまでの忌避感や嫌悪（けんお）を覚えることもないのでは、という希望がないわけではない。

「うーん。いないけど――いないけどね」

視線をさまよわせ、奥歯にものの挟まったような口調で否定する小蓮に、マリーたちは察するところがあった。

小蓮は王府のあるじ、永璘への恋心を何年も抱え続けているのだ。

慶郡王府では、武佳(ブギヤ)氏が三男を出産してから、次の子どもは生まれていない。宏大な邸を構えながら、一男二女という子どもの少なさは、あるじの家に栄えて欲しい使用人としては不安なところだ。

しかも、永璘と鈕祜祿(ニオフル)氏はともに三十五歳。ふたりとも若いとはいえない。鈕祜祿氏は側福晋(そくふくしん)や庶福晋を娶(めと)るように、永璘に強く勧めているという。

「私、まだ二十代だもの。できれば老爺(ラオイエ)の——」

抜けるような夏空をうっとりと見上げながら、小蓮は語尾を霞(かす)ませる。

まだお部屋様になる夢を捨てていなかったのかと、小杏と小葵は顔を見合わせた。

「小蓮が安定して完璧なマカロンが作れるようになれば、老爺の舌に覚えていただけるかもね」

マリーはからかい口調で応じる。小蓮は口を尖(とが)らしてぼやいた。

「夏はうまくふくらませることが難しいよ。湿気のせいかな。あと、表面がカリッと仕上がらないときがあるのは、窯(かま)の温度が高すぎるのか、低すぎるのか」

「焼き上がりがうまくいかない原因は、ひとつじゃないからね。メレンゲのお菓子は失敗しなくなってるから、メレンゲと生地を合わせるマカロナージュがうまくできてないのかも。あと、マカロンに限らないけど、どの季節でもそのお菓子にあった温度で焼き上げるには、経験を積んで勘を養うしかないね」

マカロンは職人に昇格したパティシエでも失敗することがある。また、メレンゲの立て方も幾通りかあり、それによって見た目の仕上がりや食感も異なってくる。パリで失業した当時のマリーは、まだ見習い期間が三年に達してはおらず、自力でマカロンを作る技術は持ち合わせなかった。

父親の残したレシピに繰り返し挑戦して、手探りの中でようやく満足のいくものが作れるようになったのだ。

「失敗を重ねることで上達していくものだからね。といっても、アーモンドは貴重だから無駄にはできないけど」

マリーはウーンと唸(うな)って天井を見上げた。

「せめて、温度計が手に入ればねぇ。甜心局の気温や湯煎(ゆせん)の温度を勘に頼る必要がなくなって、失敗も減るんだろうけどね」

「温度計？　ってなに？」

難しい甜心を簡単に作れる道具があるのかと、小蓮は目を輝かせて身を乗り出す。

「水銀やアルコールを使って温度を測る器具。私も実物は見たことがない。水が凍(こお)る温度から沸騰(ふっとう)する温度の間に一〇〇の目盛りを刻んで、そのときの気温や水温が何℃なのかわかるの。温かすぎると火が通ってしまう食材を湯煎するのに、便利らしいけど」

それがどう菓子作りの失敗を防ぐのか、形も機能もいまひとつ理解できない小蓮たちの視線をよそに、マリーはトーマスに温度計を送ってもらえないかと考えていた。

レシピ集の英語版を贈られてから、トーマスとは年に二、三通の書簡をやりとりするようになっていた。嘉慶四年に受け取った英語版に同封されていた手紙には、大学に通うトーマスの近況が書かれていた。しかし、英語版の出版契約書に署名してイギリスに送り返したマリーは、半年も経たずして次の書簡が届いたことに驚いた。

手紙を北京からロンドンやパリへ送るのに、最速でも半年はかかる。返信を受け取るのに、一年以上はかかるだろう。それが半年で返事が来たのだ。

発送元の住所を見て、マリーはさらに驚き、納得した。広州(こうしゅう)の夷館区(いかんく)(外国人居留区域)からであった。

手紙によれば、見本のレシピ集を発送したころにはすでに、トーマスは大学を終えていたという。間を置かずイギリス東インド会社に記者の職を得て、先に送った見本誌の後を追うようにして、ふたたび東洋へと船出していたのだ。マリーが契約書を読んでいたときには広州に着いており、新しい仕事と生活を始めていた計算になる。

少年時代は外交官を志(こころざ)していたトーマスだが、二十歳の現在は東方文化研究家(オリエンタリスト)として学者の道を進んでいるということであった。

北京と広州の距離は、英国の首都ロンドンと、ロシア帝国の帝都サンクトペテルブルク並みに離れているのだが、大陸の同じ側にいると思うと、とても近くに感じる。書簡のやりとりも、航路の変更や悪天候による遅配、沈没あるいは海賊の襲撃に巻き込まれての紛失を心配する必要もなく、半年以内で確実に互いの手に届くようになった。

王府の内側ではあるが、北京の市内に自分のパティスリーを持てたことを知らせると、トーマスは自分のことのように喜び、マリーの菓子を懐かしんでくれた。

以前はイギリス人に対して漠然とした偏見を抱いていたことと、いま現在も互いの祖国は戦争していることを思うと、トーマスと友好的な文通が続くことに、複雑な心持ちになるマリーだ。だが同時に、ドーバー海峡と戦火越しに、マリーの故郷へとつながるとても細い糸でもある。

英語版のレシピ集はロンドンの出版社によって刊行され、順調に売れているという。しかもその版元は、仏語版のイギリス王国圏内における独占販売権を求めてきた。

王侯貴族に仕えていた料理人やパティシエの多くは、革命による迫害を怖れて国外に逃げた。その中には、修業を終えていない見習いや経験不足のパティシエも少なくない。マリー自身が、そのひとりなのだ。

頼れる師や後援者を持たないかれらには、丁寧な挿絵の添えられたレシピ集は、とても貴重な指標となるらしい。

――私と同じような境遇の人たちが、パティシエになる夢をあきらめず、父さんのレシピを必要としているのなら――

マリーは次に送られてきた契約書にも署名して送り返した。

トーマスはさらに、中華の料理や文化について本を書くことを、マリーに勧めてきた。学術的な書籍ではなく、一般の職人の視点から書かれた清国の暮らしを読みたい西洋人読者は、決して少なくないと書き添えられていた。

心揺さぶられる誘いではあったが、マリーは慎重であった。

西洋嫌いの嘉慶帝の時代に、清国について詳しく書いた本などを欧州向けに出版するのは、あまりに危険過ぎる。慶郡王府を迷惑どころではない問題に巻き込むことだろう。せっかく北京の片隅に根を張り始めた洋菓子の人気を、ここで台無しにすることはしたくない。だが同時に、英仏で著者として成功すれば、ふたたびキリスト教の弾圧が始まり追放されても、路頭に迷う心配はなくなる。北京ではただひとりの洋人糕點師として成功しつつあるとはいえ、欧州に戻れば無資格の自称パティシエールだ。パリでの再就職は厳しいだろう。

いろいろ考えた末、マリーは学と文才のないことを口実に、清国に関する本を書くことは断った。ただ、この国で覚えた中華料理や、袁枚にもらった中華料理のレシピ集『随園食単』で実際に作ってみた料理についてのレシピと挿絵を書きためることは、少しずつ進めていた。

マリーは事務仕事が残っていると仲間たちに告げて、雑談の輪から離れた。二階の角部屋にある書斎でひとりになる。伝票の積み上げられた重厚な書机、壁の一面を覆う書棚を見回し、我知らずため息が出た。

マリーの中華点心の師であり、かつての上司であった高厨師や、李膳房長の使っていた事務室よりも広くて、家具が整っている。

本棚には、皮革で装幀された厳めしい装幀の洋書が並んでいる。マリーは一冊一冊の背表紙を指で撫でた。

アミヨーの遺言によって、マリーは彼の蔵書の一部を譲り受けた。中華の歴史や風俗、習慣などについて書かれた著作や、かれがフランス語に翻訳した中華古典の書籍は、きっとマリーが清国で生きていくのに、役に立つと考えたのだろう。また、絵画に関する仏語と漢語の指南書、そして永璘が譲ってくれた数え切れない描画や油絵、水彩画。

慶貝勒府にいた当時は、頑丈な櫃に入れて杏花庵に保管しておいたが、こちらに越してきてようやく書棚に並べて、いつでも手に取れるようになった。

さらに、ここ二、三年の間にトーマスが欧州から送ってくれた書籍類の背表紙をうっとりと見上げる。マリーが喉から手が出るほど欲しかった、著名なシェフのラ・ヴァレンヌによる『フランスの料理人』と『フランスのパティシエ』は、時間があれば出して目を通し実践してみるので、すでに表紙も頁も角が擦り切れ始めている。

書斎の鍵を閉めてひとりになり、ラ・ヴァレンヌの著作のとなりに自分の『マドモアゼル・マリーの東方パティスリー』を並べて満悦の笑みを浮かべては、すぐに畏れ多く感じて、急いで抜き出すということを、一日に一回はしていた時期もあった。

絵を描く机は窓辺にあって、鉛筆はもちろん、顔料も絵の具も充分にある。杏花庵で絵を描いたり、レシピを整理したり、漢語を学んだりしていたときのように、いちいち片付ける必要がなく、どの作業も中断されたときのまま、すぐに続きに取りかかれる。

はじめのころは手に入れるのに散々苦労した製菓材料や道具も、いまは自分の名で発注すれば、すぐに届けられる。

小蓮の言う通り、順風満帆な人生だ。

何一つ不満はない——はずであった。

このごろ、マリーはよく思い出す。

北京に来て間もなかったあのころのことを——

異国人のマリーを徒弟として受け容れ、マリーの作るフランス菓子の最初の理解者であった高厨師。そして、整わない設備と材料で洋菓子を作るためにいっしょに工夫（くふう）し、マリーの起こす様々な騒動をともに乗り越えてくれた兄弟子の孫燕児（そんえんじ）、徒弟仲間の李兄弟。

膳房や賄い（まかない）厨房との行き来はあるので、毎日ではないにせよ、かれらと顔を合わせ言葉を交わすことはあるが、以前ほど親しく話し込むことはなくなっていた。燕児たちもまた、いまはそれぞれ昇格して責任ある立場に就（つ）いているのだ。たとえマリーがいまでも膳房で働いていたとしても、昔のように雑談の時間はとれなくなっていただろう。

そして——

もう何日、永璘と会ってないだろう。春節に王府じゅうの使用人が庭園に集まって、主人たちに慶賀の言葉を賜り、姿を拝して以来ではないか。

最後に一対一で言葉を交わしたのは、いつのことだったろう。

永璘がいまでも絵を描いているのかどうかも、マリーは知らない。嘉慶帝が即位してから、永璘が新作を見せてくれたことはない。

末息子の才能を封じ込めていた乾隆帝は崩御したのだ。永璘が好きなように絵を描き、天に与えられた画才を世に出すのを、阻（はば）む枷（かせ）はなくなったはずだ。

永璘が最初のオーブンを造ってくれた、狭くて寒い杏花庵で菓子を焼き、絵を描き、向かい合って茶を飲んだ日々が、このごろはどうしようもなく懐かしい。

こんな日々がいつまでも続けばいいと思い、ふいに涙をこぼしたマリーの頬に触れた、永璘の指の感触さえも、はっきりと覚えている。あのときは、常に清国を追い出される予感に怯（おび）えていた。まさか、パティシエールとして成功することで、同じ王府にいながら永璘に会えなくなる日がくるとは、まったく想像していなかった。

マリーは書机の引き出しを開けて、奥の方にしまい込んだ小箱を取りだした。蓋（ふた）を開けると、中には繊細な蔦（つた）模様の彫（ほ）り込まれた、翡翠（ひすい）の板指（パンジー）が鎮座している。

板指は満族の男性が親指に嵌（は）める装飾品だ。もともとは弓を巧（たく）みとする北方の狩猟（しゅりょう）民族や遊牧民族の、指を保護する防具であったという。満洲族が中華の支配者となってからは、さまざまな貴石から彫り出される富の象徴であった。

翡翠の板指を箱から取り出し、自分の親指に嵌めてみる。

永璘の親指にはめられていたそれは、マリーの親指には大きすぎて、くるくると回ってしまう。マリーは板指を目の前に持ってきて、「リンロン」とつぶやく。淡い緑の硬玉に刻み込まれた『璘』の文字を見つめ、息を止め、そっと唇（くちびる）に押しつけた。

「私は、私たちはこれでいいんですよね。だって、私が自分でそう決めたんです」

順風な日々がいつまでも続くことを、マリーは信じていたかった。もしも、この幸福で充実した日常がある日終わりを告げるとしたら、自分が外国人でありキリスト教徒であることが、慶郡王府に迷惑をかけるときであろうと考えていた。

棄教も改宗も、マリーの選択肢にはない。追放されるときは、その宣告を粛々として受け容れる覚悟はあった。

だが、ようやく見つけた安住の地からの追放だけが、怖れていた不幸の始まりではないことを、マリーは思い知る。

幸福な日々の終わりは、猛暑がようやく落ち着きかけたころ、思いもかけない角度から突然に、慶郡王府を打ちのめした。

太陰暦七月初日、六歳になったばかりの永璘の次女阿香が、急な発熱と赤痢にも似た症状のために急逝した。異変に気づいた鈕祜祿氏に呼び出された医師が駆けつけたときにはすでに虫の息で、病の診断をつける前に息を引き取ったという。

慶郡王府が喪の白一色に染まり、マリーも葬列の白に塗り込められて、小さな棺を呆然と見送る。

裕福な恵まれた家庭でも、子どもが三歳を超えて生きることは難しい。三歳になるまで正式な名前をつけないのはそのためだ。五歳を過ぎてようやく、我が子が人として生き延びる力を身につけたと、両親は安堵する。

ふたりの息子を授かり、ふたりとも三歳を迎えることなく世を去ってしまった鈕祜祿氏に、ようやく授かった三人めの子だ。もはや男だろうと女だろうとかまうことなく、永璘と鈕祜祿(ニオフル)氏は阿香を大切に育てていた。

鈕祜祿氏の落胆と哀しみを思うと、マリーはどうしようもなく胸が苦しく、胃が痛くなる。和孝(わこう)公主といい、鈕祜祿氏といい、これ以上ないほど母として申し分のない女性たちに、どうしてこのような不幸が降りかかるのか。

涙に霞む目を主人たちの列を向けたマリーは、永璘の横に側福晋の劉佳(リュウギャ)氏が立っているのを見て瞬(まばた)きをした。涙を拭(ふ)き取っても、永璘の横にいるのは劉佳氏だ。その横に第二側福晋の武佳(ブギャ)氏、庶福晋の張佳(チャンギャ)氏、長女の阿紫(あじ)。

鈕祜祿氏の姿はない。

「嫡福晋さまは？」

マリーは思わずつぶやいてしまう。顔を上げて鈕祜祿氏の姿を探していると、和孝公主が近づいてきて、マリーについてくるようにと合図する。

和孝公主は人気(ひとけ)のない廂房(わきのや)のひとつに、マリーを招き入れた。公主は自ら窓を開き、風を入れる。それからおもむろに振り向いて、マリーの知りたいことを告げた。

「紅蘭(こうらん)お義姉さまは、阿香と同じ病で床につかれているそうよ」

「で、では、お見舞いに」

かけたばかりの椅子から腰を浮かせて、マリーはうろたえた。和孝公主は静かに首を横に振る。

「流行り病かもしれないと、医師が見舞いを禁じていて、お付きの侍女と太監しか寝殿への出入りはできないの。永璘お兄さまでさえ、面会は許されてないそうよ。まして、王府の甜心を扱うマリーに、見舞いの許可はおりないでしょうね」

　症状を聞けば、赤痢やチフスといった恐ろしい感染症の疑いはある。季節柄、医師は赤痢を疑っているようであるが、いまのところ王府の誰も、同じ病を発症していない。

　和孝公主とマリーは、葬儀の列に戻ることも、弔問を終えて帰宅することもせず、読経の聞こえる静かな部屋で、何を待つともわからぬまま沈黙を続けた。

　マリーは懐にしまってあるロザリオに手を当て、ただひたすらに祈り、和孝は葬儀の場から流れてくる読経に合わせて唇を動かす。

　永璘夫婦と長く親しんできたマリーと和孝は、家族を喪う哀しみと、枕元に駆けつけて見舞うことも許されない焦慮に、ひとりでは耐えられないことを互いに知っていたのだ。

　午後の日が傾き始めたころ、部屋の扉が開いて永璘が入ってきた。

　マリーの心臓が、どくん、と胸郭の中で飛び跳ねた。

「和孝、やはりここにいたのか。マリーも」

「十七兄さま」

「老爺」

　三人同時に声をかけた空気に、どことなく滑稽さを覚えたのか、少しだけ空気が和んだ。

数ヶ月ぶりに間近で見る永璘の顔色はひどく、一度に十も年を取ったように肌は艶を失っている。

永璘に会い、その声が聞けたことに、マリーはここ数年忘れていた胸の昂揚を感じ、同時にそのことに罪悪感を覚えた。

「あの、奥さまのご容態は」

マリーの問いに、永璘は弱々しくかぶりを振った。

「よくない。子どもたちのところへ逝きたいと、医者が煎じた薬も拒んでいるそうだ」

人生は幸と不幸の連続である。生きていると、良いことと悪いことは順番に訪れる、ゆえに、人はただひたすらに生きていけばよいのだと、マリーに説いたのは王府の女主人、鈕祜祿氏だ。それを『塞翁が馬』という言葉で教えてくれたのは永璘だった。

マリーが苦難に出遭うたびに『つらいことをひとつ乗り越えたら、次にはきっといいことがありますよ』と微笑みかけてくれた鈕祜祿氏が、授かるたびに幼くして我が子を失う苦しみに、ついに心が折れて生きる意欲を失おうとしている。

永璘と鈕祜祿氏から塞翁が馬の話を聞いたのがいつのことだったのか、マリーはどうしても思い出せないでいた。

足音も物音も立てずに、永璘のあとから室内に入ってきた黄丹が、手際よく三人分の茶を淹れて差し出した。喉が渇いていた自覚のなかったマリーは、白茶の優しい湯気と甘みに、ほうっと息をついた。

「ありがとう、黄丹さん」

黄丹はさりげなく会釈して、壁際に下がった。

和孝公主は兄の肩に手を添えて、鈕祜祿氏を見舞いたいと懇願したが、永璘は是とは言わない。

「医者が会うなというのだ。峠を越えるまで待ちなさい」

マリーが耳にした限り、阿香と鈕祜祿氏の発症まで、そばにいた永璘や近侍たちに感染したようすはない。危険な感染症というよりも、ふたりだけが口にしたか、触れた何かによる食あたりのようなものではないかと、牛乳の腐敗や卵の加熱不足による食あたりに、夏はもちろん一年じゅう気をつけているマリーは考えた。

だから、患者に直に触れて看病するのでなければ、見舞いは問題ないのでは、とも。

しかし、打ちひしがれた永璘の姿を前に、何も言えなかった。医師でもないのに、自分の目で見てもいない病について憶測で決めつけるのはおこがましく、主人が否と言っていることに異を唱えることも、使用人の立場でできることではない。

ただ、どうしても払いのけられない不吉な予感を、和孝とマリーは共有していたのだろう。鈕祜祿氏に会いたいという気持ちを抑えきれずに、マリーも両手を握りしめる。

マリーは鼻腔に込み上げてくる湿りをすすり上げ、むりやり喉の奥に押し戻した。

「びょ、病人を疲れさせてはいけませんものね。喉ごしのよい冷菓をお作りします。あの、お医者さまに使ってはいけない材料をお訊ねしてもよいでしょうか。お熱が高いのでしたら、果物を磨り下ろして凍らせたのをソルベにしたり」

永璘は血色の悪い頬を片方の手でこすり、うなずいた。

「医者に伝えさせよう、黄丹」

名を呼ばれた黄丹は、永璘の命令を伝えるために部屋を出て行った。永璘はマリーの顔を見て、ふっと表情を和らげた。

「私にも、何か差し入れしてくれ。欧州の食事が何も喉が通らなくなっていたときに、マリーが作ってくれたのを、もういちど食べてみたいな。紅蘭にも勧めてみよう」

永璘に初めて作った菓子がなんだったか、マリーは思い出そうとした。

「えと、クレープ、でしたか」

中華的な要素はほとんどなかったと思う。まして病人に食べさせるには濃厚過ぎるという気もする。永璘が要求しているのが菓子ではなく、料理であることを知って、母や祖父母が食べていた『中華風』な食事を出したのは、意思の疎通ができるようになった、少しあとのことだったと記憶している。

「いや、方形に薄く切り分けた、生薬の香りのする甜心だ。肉桂や茴香に似た香りと、蜂蜜と黒砂糖を思わせる甘さが濃厚な、それでいて胡椒か生姜の、ピリッとした微かな辛みのある――」

遠い記憶をたぐり寄せようと、永璘は遠い目になる。

娘の葬儀のさなかに、さらに正妃が病床にあってさえ、好みの菓子の説明によどみがないのが永璘らしい。とはいえ、それは文字通り甘く懐かしい記憶に心を向けて、現実から目を背けることのできる一瞬だったのかもしれない。

「なにかこう、初めて食べた気がせず、異国に馴染めず苛立っていた心が落ち着いた」

「十七兄さま、蜂蜜と香草を練り込んだ麵麭なら、蒙古兵が糧食にしています。塞外で鹿狩りにおいでのおりに、草原の接待でお食べになったことがあるかもしれませんね」

弓馬をたしなみ、結婚前は狩猟にも加わっていた和孝公主が、避暑山荘での日々を思い出して話に加わった。

しかし、マリーは困惑を顔に出すまいと、歯切れも悪く応える。

「えと、それ、私が作ったお菓子ではありませんね。パン・デピスだと思います。保存が利くので、厨房ではいつもたくさん作り置きしてあったお菓子です。パンケーキがお口に合わないようならと思って、保管庫から少しもらってきて、添えておいたんです。もしかして、パン・デピスが気に入っておいでだったんですか」

マリーが作ったクレープやオムレツではなく。

「甘い煎餅も悪くはなかったぞ」

永璘は付け足しのようにクレープの感想を言い添えた。

「パン・デピスは、時間をかけて生地を乾燥させ、熟成させないといけないので、北京の夏は向きません。もちろん、熟成させなくても、それらしいものは作れますが」

直方体の型で焼くためか、『パン』という名を冠しているが、パン・デピスは酵母で発酵させず、重曹でふくらませるのだから、むしろガトーに近い。永璘の記憶通り、数種類のスパイスに蜂蜜をふんだんに使った菓子だ。

「宮廷料理にも漢席にもない味わいではあったが、妙に懐かしかった。和孝の言う通り、塞外で催される狩猟のおりに、貴重な蜂蜜で我らをもてなす、牧民の焼餅に似ていたのだろうな」

過去の好ましい記憶に目を向け、その話をしているときの永璘は、少しだけ楽に呼吸をしているように見えた。

❀ 思い出のスパイスパンと、嫡福晋の薨去

葬儀のあと、洋式甜心局に戻ったマリーは、即座に作業着に着替えて厨房に入った。保管庫からスパイスの入った瓶を出してきて並べる。

永璘が欧州の菓子で最初に気に入ったのがパン・デピスだったと、この日初めて知ったマリーは、ただただ言葉もなくあきれてしまった。パリでも、船旅のときも、清国に来てからも、この十年、一度もパン・デピスを作るように言われたことがなかったのだ。

よく思い出してみれば、永璘が何を気に入るのかわからないのと、言葉がなかなか通じ

ないことから、何種類かの料理や菓子を少しずつ盛り付けて出していた。永璘が食べ残した菓子や料理は次からは出さず、手をつけたものは続けて出していた。パン・デピスは永璘が食べ残さなかった菓子のひとつだったので、毎回添えていたのだが特に感想もなく、おかわりを要求されたこともなかった。

　何も言わずとも、毎日必ず出てくるので、あえて言及する必要がなかったのかもしれない。そのうち舌が馴染んできて、珍(めずら)しく思われる他の洋菓子へ興味が移り、あれこれ質問したり、試したくなったりしたことで、パン・デピスについては何も言わなくなったのだろう。

　マリーとしても、あまりにもありふれた菓子なので、永璘のお気に入りとして記憶に残らなかったのだ。

　アニス酒とフランス製の無精製の砂糖(カソナード)、そしてライ麦以外の材料は問題なく手に入ることもあり、慶貝勒(ベイレ)府の厨房に勤め始めたころから、自発的にいろいろ試作していたフランス菓子のひとつだ。はじめのころは、カソナードの代用に黒砂糖を使い、さすがにアニス酒を自力で蒸留するのは無理なので、香りの似ている八角(はっかく)で風味を添え、ライ麦は使わずに小麦粉のみで生地を合わせ、適当な焼き型を使って燕児と工夫した改良竈(かまど)で作ってみた。名前が『スパイスのパン(パン・デピス)』なのだから、スパイスがふんだんに使われていれば、とりあえずパン・デピスということにしておこう、と独(ひと)り言(ごと)をつぶやきながら。

　高厨師と点心局の面々に試食してもらったときは、そこそこ好評であった。作り置きができることもあり、石窯を造ってもらってからは、一度にたくさんのパン・デピスもどきを焼くこともあった。特に人気があるわけではないが、いつの間にかなくなっていて、また作っておくという存在の菓子だ。永璘や妃たちの点心に添えられることも、あったかもしれない。

常にそこにあって、いつでも手に入るお菓子を、永璘がわざわざ頼むということもなかったのだろう。あるいはフランスで食べたパン・デピスとは味や風味が違うことに気づき、材料がそろわないと察して、敢(あ)えて何も言わなかったのかもしれない。

イギリス王国の大使が滞在していたときは、ジンジャー・ブレッドの好きなイギリス人の好みに合わせて、生姜を利かせたパン・デピスを出したこともある。

そういえば、フランスの菓子についての本に、パン・デピスの起源は東方にありという記事があったことを思い出した。永璘と和孝によれば、北方の牧民の作る焼餅に似ているということだから、パン・デピスはかつて大陸を横断した遊牧民によって、東の果てから西の果てへと伝播(でんぱ)したパンか菓子なのかもしれない。

次に塞外の避暑山荘で夏を過ごすことがあったら、その牧民を尋(たず)ねて、蜂蜜とスパイスのパンのレシピを学ばせてもらおうとマリーは思った。中華の文化だけではなく、欧州とその間にあるアジアのパンやお菓子のつながりを調べてトーマスに教えたら、きっと喜んで話を聞いてくれるだろう。

『パンの旅――アジアとヨーロッパ』みたいな本なら、書けるかもしれない。清国とフランスの間に横たわるユーラシア大陸の内陸部に、どれだけの距離と国の数があるか知らないマリーは、少しだけ二冊目の著作に乗り気になった。

すぐに鈕祜祿(ニオフル)氏の口に入るかどうかわからないものの、卵や蜂蜜は栄養があるので、持ち直してからの回復にはちょうどいい食べ物になる。それまでに、病後に使ってよいスパイスの種類について、医師に問い合わせておこうとも思った。

永璘に言われたせいか、マリーは故郷にいたときに食べたパン・デピスが懐かしくなった。生地となる粉の三割から四割を占めるライ麦は、小麦粉だけでは出せないナッツに似た香ばしい風味と、ずっしりとした歯ごたえがある。腹持ちもいい。

故郷の味を再現したければ、代用品になる粉をいろいろと試さなくてはならないだろう。フランスのパン・デピスと、北方の牧民が作る蜂蜜麵麭(パン)の味が似ていたということは、フランスと同じように、ライ麦と似た粉を小麦粉と配合していたのだろうか。

マリーは避暑山荘と塞外の風景を思い浮かべた。

小麦粉といっても、精製のされていない粗挽(あらび)きの小麦だったのかもしれない。それならば永璘がパン・デピスに感じた、ライ麦粉に似た重みと風味をそなえていたかもしれない。

マリーは鉛筆を手に取り、改めてライ麦の代用になりそうな穀物(こくもつ)を書き連ねる。

清国で作っている精製済み小麦粉以外の粉類は、全粒粉(ぜんりゅうふん)、大麦粉、蕎麦(そば)粉、米粉、稗(ひえ)、粟(あわ)、黍(きび)、とうもろこし、そして大豆や緑豆といった豆の粉末などなど。

明日にでも出入りの業者に相談してみよう。

マリーはとりあえず、手持ちの材料からパン・デピスを作ることにした。

翌日、蕎麦粉を配合したパン・デピス、大麦粉を配合したパン・デピス、小麦粉だけのパン・デピスの三種類を持って、マリーは永璘の正房（おもや）へと向かった。以前なら護衛のために侍衛がついてくる距離であったが、王府内であることから、ひとりで歩いて行く。正房へ通じる門で取次を頼む。前もって話は通してあるので、黄丹が迎えに出てきて御殿に案内された。

永璘の顔色は昨日と変わらず、まぶたの周りは腫（は）れ気味で、昨夜はよく眠れなかったと見て取れる。

作法通りの拝礼に、相手の健康を問う言葉の空虚さを感じつつ、提盒（おかもち）からパン・デピスを載せた皿を差し出す。

「おや、パリで食べたのと似ているな。こんな感じだったろうか」

蕎麦粉入りのパン・デピス一切れつまみ上げた永璘は、懐かしそうにスパイスたっぷりのパン・デピスを味わう。

やはり、清国に来てから作ってきた小麦粉が十割のパン・デピスは、記憶にある風味と違うものだと永璘は思っていたらしい。

「フランスのパン・デピスはライ麦という、堅果の風味とずっしりと重たい焼き上がりが特徴の粉を小麦粉に混ぜるのです。老爺（ラオイエ）はフランスで食べたパン・デピスがご所望でいらしたので、食感の似ている粉を混ぜてみました。さきほど老爺が召し上がったのは蕎麦粉入りで、こちらが大麦粉です。左端のが、いままでの小麦粉だけで作ってきたパン・デピスです」

永璘はひとつずつ味わった。

「十年も前に食べたものの記憶では、風味も食感も曖昧になっている気がするが、蕎麦粉のが近いのではないか。素朴な味わいがする。大麦粉も歯ごたえのある弾力が悪くないな。不思議なものだ。同じような見た目のものを作っても、それぞれの粉に異なる風味があり、混ぜ合わせることで、また微妙な違いが生まれてくる」

永璘は感慨深げにうなずき、マリーが持ってきたパン・デピスをすっかり平らげた。

しかし、すぐに表情を曇らせ、ため息をついた。

「久しぶりに、口に入れたものを美味しいと思える気分になれた。紅蘭にも食べさせてやりたいが、まだ食事ができないとのことだ。残念だが」

我が子を失い、愛妻が重篤な病の床についているのだ。何を食べても味を感じず、喉を通らなかったのだろう。

「お申し付けくだされば、ご回復され次第、いくらでも作ります」

「医者はとにかく白湯を飲ませるようにと言っているが、それも吐いてしまうという。会話もできない状態で、顔を見るだけならばと医者が許可したので、先ほど見舞ってきたが――」

ためらいがちに応えた永璘は、鈕祜祿(ニオフル)氏の顔色と容態を思い出したのか、語尾を濁して言葉を切った。それから苦しげに一呼吸してから、

「意識はあるようだが、子どもたちの名を読経のようにつぶやくばかりで、私が呼びかけても応えない——紅蘭が子を授かるのは阿香が最後かもしれず、女児ということもあって、乳母に任せず手元において育てるのを許した。そのため、阿香への紅蘭の愛着はひとかたならぬものだった。それゆえに、失ったときの痛みは、胸を破るのに充分であったのだろうな」

永璘は床に目を落としてつぶやき、物憂(ものう)げに口を閉じた。マリーはかける言葉に迷いあぐねた。また、鈕祜祿(ニオフル)氏を襲う絶望を思うと、どのような励ましも役には立たないと思えてくる。

「昨夜、紅蘭の母を迎えにやった。義姉に付き添われてきてから、ずっと枕元に詰めてもらっている」

最も近しい親族が、嫁ぎ先に呼び出されたのは看護のためではない。それほど重篤なのだ。

ふたりの間にはぎこちない沈黙が落ちた。

どのくらいそうしていたのか、永璘がふと顔を上げてマリーを見つめ、眩(まぶ)しそうに目を細めた。

「このように話すのは、久しぶりだな。マリーは元気にしていたか。洋式甜心局は問題な

く回っているか」

年明けの拝礼から、この夏の盛りを超えるまで、互いに言葉を交わす時間はなかった。

「はい。外からの注文が増えたこともあり、甜心局も人を増やしました。最近ではお菓子を作る時間よりも、在庫管理や受注業務などの事務仕事に時間を取られています」

王府の事業の一端がうまくいっていることを知り、永璘の口の端がほころんだ。鬱々としていた面にかつての明るさがわずかに戻る。

「マリーが筆をとって書類に埋もれているところは想像し難いな。事務には実務の経験がある者を雇(やと)え。そろばんの使える者をな」

「はい。ありがとうございます。でも、よろしいのですか」

マリーは遠慮がちに訊ねる。爵位が郡王に上がったとはいえ、宏大な邸宅の維持費と、膨(ふく)れ上がった使用人にかかる人件費を思うと、自分でできることは自分でやろうと考えてしまうマリーだ。いつかは親子でパティスリーを経営することが夢だったことから、人を雇わずにすむよう、徒弟時代から収支の勘定(かんじょう)を父親に学ばされたことが、ここに来て役に立った。

「心配するな。洋式甜心局は我が王府の佳処(かしょ)であるぞ。経費を吝嗇(けち)って甜心の価値を下げてはならん」

断言したのちに、唐突に何かを思い出したように苦笑する。

「皇上の許可を得ずに後宮に入ってお怒りを買ったことなら、叱(しか)られただけで減給にはなってない。養母上の誕生祝いを届けただけなのだから、親孝行だ。厳罰にもできまいよ。マリーが心配することではない」

嘉慶帝の親政直後に、簡単ではあるが必要な手続きを失念してしまったために、皇弟の軽率さを新朝廷に印象づけてしまった珍事を、永璘は軽い冗談のように片付けた。

皇帝である実兄をして『注意力が足りず、責任のある管理職には向かない』と言わしめた自身の失敗談で、現状の重苦しさを笑い飛ばそうという試みも、無理に吐き出した空元気としか見えなかった。

爵位に応じて皇族に割り当てられる年給があるといっても、極端な吝嗇家として有名な皇十一子の永瑆が、卓越した学問と文筆の才能を駆使して莫大な副収入を得ている成親王家でさえ家計は常に苦しく、乾隆帝はたびたび公庫から支援していたという。

王府の外で得ている洋式甜心局の売り上げが、いくらか貢献しているとはいえ、材料費や人件費など必要経費がかかることも思えば、その利益も微々たるものだ。己の腕と筆一本で、千銀を生み出す永瑆とは比べられない。年給のみで宏大な邸宅と人員を養わねばならない慶郡王家の台所事情を気にするのは、マリーだけではないはずだ。

「あの、そうではなくて――」

一呼吸ほど言い淀んだものの、マリーは気持ちを振り絞って訊ねる。

「絵は、お描きになっていますか」

唐突な問いに永璘は目を見開いた。作り笑いに失敗して、しかめ面になった。すぐには応えず、右手を胸まで上げて、目の前で掌を広げる。じっと見つめつつ、指を閉じたり開いたりした。

「慌ただしい日が続いて、なかなか時間がとれずにいるうちに、思うように筆を動かせなくなってきた。いや――」

自分の言葉を否定しようとして、永璘は語尾を濁した。

「作ろうと思えば、時間は作れたのだろうが、描こうという気持ちが湧かない。紙を広げても、そこに描くべきものや風景が、何も浮かんでこない。気合いを入れて線を描き始めても形は顕れず、色を塗ってもそれらしく見えない。おかしなものだな――」

永璘は形を成さない言葉を、触れれば消えてしまうあぶくをすくい取ろうとするかのように、ゆっくりと話す。

「描くことを禁じられていたときの方が、次から次へと紙に写し取りたい妙案があふれて止まらなかった。皇上に託された朝廷の公務がおろそかになるほど、絵のことばかり考えていたのだが、いまでは何も浮かんでこない。以前は、思うより先に筆が勝手に動いてしまうほどであったのに」

学問に結果を出せず、実務での実績を上げられずに父と兄を失望させてきた永璘は、ある意味で真に芸術家肌の人間なのだろう。もっと若いときから才能を認められ、夢想と創造の世界に生きることを許されていれば、現在の永璘の社会的な評価はずいぶんと違っていたはずだ。

ゆっくりと、しかし問わず語りに、絵を描けない現状を告白する永璘を前に、マリーは喉の下に凝り固まる、岩のように重く、そして苦い塊に言葉を詰まらせる。

「そんな――奥さまはいつも、老爺の絵を見たいとおっしゃっていました。ようやく」

それ以上言うと不敬になるため、マリーは口に出せなかった。たとえふたりきりであろうと、先帝の崩御を待ちかねていたような言葉は、決して口にしてはならない。

「皇上は、先帝が私に絵を禁じたことはご存じない。ご存じだったとしても、家族に見せるくらいはお見逃しくださるだろう。そうだな。描けなくても、描きためたものを紅蘭に見せてやるくらいは、許されるかもしれない。阿香の似顔絵もある」

永璘はマリーの手を取って、あきらめきった笑みを浮かべた。

「紅蘭には何もしてやれないことが後悔であったが、まだできることがあったと思い出させてもらった。ありがとう、マリー」

鈕祜祿氏の回復は絶望的だと永璘が考えていることに、マリーは衝撃を受けた。

マリーの手を取ったまま、扉の方へと導く。久しぶりに会えたとはいえ、それを嬉しいと思ってよい状況ではない。マリーは空の提盒を抱えて、正房を去った。

永璘の触れた手に温もりが残る。暑さで掌が湿っていたことも、目に見えない徴のように、いつまでも感触が消えなかった。マリーは永璘の触れたところを撫でて、その指を頬に当てた。

いつか気持ちは薄れていくと思っていたのに、こうしてほんのひととき近くに寄り添い、触れただけで、思慕の情よりも職人としての未来と信仰を選んだ決意が揺らぐ。
妃が何人いようと、永璘にとっては少年時代から寄り添ってきた鈕祜祿氏が、ただひとりの伴侶なのだと思い知らされる。それがつらいとか哀しいと思うほど、マリーは思い上がってはいない。

革命の動乱で荒れるパリ脱出の危険をともに乗り越え、船旅の苦難をともにし、身内とさえも分かち合えない永璘の秘密を共有した。男女の情愛ではなく、同性の友であっても成立する固い絆だ。身分と立場の差から、何ヶ月も会うことなく言葉も交わさずにいても、こうして再会すれば、まるで昨日別れたばかりのように、気の合う知己として自然に親しく話ができるのだ。

この信頼と友誼という関係に、これ以上なにを求めようというのだ。

鈕祜祿氏が生きる希望を失い、病と闘っているこのときに、不謹慎なことを考えている自分を鞭打ちたい思いだ。

鈕祜祿氏が身罷ったのは、娘を亡くしてわずか十日後のことであった。

数日経っても同じ症状を発する病人は周囲に現れず、流行り病の疑いが薄れ、家族との面会が許された矢先のことであった。永璘が描いた娘と次男の肖像を見せると、儚い笑みを浮かべ、肖像画を胸に抱いて昏睡に陥り、その二日後に息を引き取ったという。

ひと月のうちに二度めの葬儀が行われた慶郡王府は、天にも届く哀哭の叫びに満ちた。

妻女は奥にいて、表に姿を見せぬのが清国の習わしではあるが、その堂奥から王府の隅々まで心を配って家政を差配してきた、鈕祜祿氏の細やかさと公正さを知らぬ使用人は、慶郡王府にはいない。そして、鈕祜祿氏の生前の交際と人柄を物語るかのように、大勢の弔問客や弔問の使者が訪れて、哀哭の礼と香を捧げていった。

嘉慶帝は五百両の葬儀費用を慶郡王府に賜り、弟を支えてきた賢妻の義妹に深い哀悼の意を示した。

マリーは清国に来て何度目かの喪服をまとい、福晋たちや鈕祜祿氏に長く仕えた侍女らとともに、遺体を安置し棺を守る殯宮に詰めることを願い出た。

マリーはこれまで、宗教色を帯びた中華の伝統的儀式には、できるだけ距離をおいてきた。唯一の神を信仰するカトリック教徒として、異教の儀式に連なることに抵抗があったからだ。

しかし、北京に住み始めてからいくらもたたないうちに、清国人が日常的に寺院に参拝し、さらに自宅に先祖を祀る祠堂を持ち、そこで日々香を焚いて祈りを捧げたり、死者があの世で貧窮せぬよう紙銭を焼いたり、さらに実在したさまざまな聖賢や英雄の廟に供え物を捧げ、験を担いで道教の神や仏の名を唱える現状を、無視することも避けて通ることもできないことを悟った。

先祖の供養から葬式、婚礼にいたるまで、満洲旗人はラマ仏教、漢人の知識階級は儒教の、庶民には道教や仏教に基づいた慣習が、儀式や典礼から日々の生活にいたるまで深く浸透(しんとう)している。生活習慣と信仰を区切ることのできる境界は存在せず、人々が同じ文化を共有する社会で生きて行くために、なくてはならない空気や水のようなものであった。否定することはもちろん、傍観(ぼうかん)することすら難しい。

寺院への参拝だけは異教徒だとして免除してもらえても、この地で暮らしてきた中で、かかわりのあった死者に敬意を表し香を手向け、清国人のやりかたで祈りを捧げることは、人として当然のことに思われた。

逆のことを考えてみれば、フランスでのマリーの日常もそうだった。朝夕と就寝時に神に祈らない日はなく、隣人との挨拶の言葉から、日々の献立(こんだて)、季節を巡る行事はもちろん、日常の会話には聖書を引用し、教会に毎週通って福音(ふくいん)を聴き、賛美歌を歌う。

北京で暮らしておよそ十年、キリスト教徒としてできることはいまでも続けているが、清国人としての慣習も、マリーはいつの間にか身につけてきた。

永璘の次男が急逝したときは、幼い命のために信仰を枉(ま)げて小蓮とともにラマ教の仏に祈った。阿盈(あえい)と阿香(あこう)の葬式も、よき清国人の作法に従い、他の者と同じ手順で冥福(めいふく)を祈った。

だが、このときのマリーは、一使用人として作法通りに香を焚き、離れたところから鈕祜祿氏(ニオフル)を見送るだけでは、これまで受けた恩を思うと不十分に過ぎると感じられた。できることなら、心の底から敬愛してきた鈕祜祿氏に、尽きることのない感謝と哀惜(あいせき)を注いでその冥福を祈りたかった。それはふたりの息子たちのために、毎日欠かさず読経を捧げていた彼女の信仰に添って、数日にわたって執り行われる祭祀がすべて終わるまで、満洲旗人の作法で祈り続けることが正しく思えたのだ。

殯宮を差配するのは第一側福晋の劉佳氏で、他の妃たちが交代で読経と香の絶えることのないよう見守る。近侍たちは哭礼を続ける者、誦経に加わる者、文字の書ける者は鈕祜祿氏の後生を救うための写経に励むなど、それぞれの役割を務めていた。経の暗誦はもちろんのこと、漢字は書けても経典の読めないマリーは、読誦を続ける近侍らの末席にいて、ひたすらに祈る。

阿紫も嫡母である鈕祜祿氏の娘として、マリーの横で服喪の役割を泣きはらした目で務める。やがて泣き疲れて、マリーの膝の上で眠ってしまうこともあった。

殯宮の外では、哭女と呼ばれる女たちが数十人も集まり、大声を上げて泣き叫んでいる。これまでに見てきた葬式の中では、最も数が多い。そして、日増しに増えていく。

哭女たちは鈕祜祿氏の人柄を知り、早すぎる死を惜しんで泣いているのではない。報酬と引き換えに、葬儀で忙しい家族に代わって哀しみ嘆き続けるのだそうだ。哭女を仕事として、生計を立てている者も少なくないという。これも清国の不思議な慣習だ。

声を潰さぬためだろうか、彼女たちは微妙にそろった節回しで号泣を続ける。高く低く、あるいは波のように近づいては遠のく泣き声の騒々しさは、マリーにケルトの民話に出てくる嘆きの妖精を連想させた。

マリーは大声を上げて泣くことはしなかったが、涙は尽きることがない。絶えず鈕祜祿氏の笑顔がまぶたの裏に蘇り、触れてきた掌の柔らかさと温かさを思い出す。かけてもらった優しい言葉の数々を反芻(はんすう)することを、やめることはできなかった。

なにより、乾隆帝の気まぐれから審問の場に呼び出されたマリーを、小さな身を張って盾となり守ってくれたときの鈕祜祿(ニオフル)氏の凜々(りり)しさは忘れられない。マリーにとっては聖母マリアとも思え、清国人であればすべての衆生(しゅじょう)を救うとされる観世音菩薩(かんぜおんぼさつ)とも喩(たと)えるであろう神々しさだった。

出会った日からの、ひとつひとつの思い出を辿り、その声や面差(おもざ)しを思い浮かべると、そのたびに熱い涙が込み上げる。

願わくは、鈕祜祿紅蘭が天上の楽園、もしくはかれらの云う浄土で、三人の子どもたちに再会できますよう。痛みも哀しみもない世界で、親子睦(むつ)まじく暮らせますように。

終わりのない読経と、哭女の泣き声の波の狭間(はざま)で、マリーはひたすらに鈕祜祿氏の魂(たましい)の平安を祈り続けた。

秋の気配が深まっている。

マリーは翠錦園を散策する足を止めた。庭園の石畳(いしだたみ)を散り始めた木の葉が、カサカサと音を立てて、風に吹き散らかされてゆくのを眺めた。

花園とも呼ばれる翠錦園は、成親王永瑆(えいせい)に与えられたものだが、永瑆はいまだに親王家をここに移すことはしていない。永瑆とその福晋らの縁者が、いくつかの建物に住んでいると聞くものの、顔を見ることもあまりない。むしろ、慶郡王府の庭師が園内で働いているのを見かけることの方が多い。かつて慶貝勒府にあった西園も広いと感じていたが、翠錦園はその三倍以上の面積があるのだから、まばらな住人と偶然行き会うということがないのも、おかしなことではないだろう。

庭園の建物群は、そのどれもが立派な邸宅の構えであったが、ひとつひとつが小山や渓流を隔てて離ればなれに建っている。永璂のような大家族が居住するには不便なのかもしれない。かといって誰も住まないというのも管理が難しい。兄弟間の取り決めがどうなっているのかはマリーにはわからないが、慶郡王府の家中の者が出入りして咎められたことはなかった。

鈕祜祿氏の薨去から三ヶ月が過ぎていた。いまだに、慈母という言葉がそのまま当てはまる、春の陽射しのような女性がこの世界からいなくなったことが、マリーには受け容れられずにいた。もとから、皇族妃と一使用人という身分の壁に隔てられ、同じ王府といっても御殿と厨房という距離もあり、頻繁に会える相手ではなかった。

それでも季節の折々に、マリーの現状を気に懸け、優しさの滲む贈り物が洋式甜心局に届けられた。新作の菓子を献上したときには必ず、感想と励まし、そして慶郡王府の献立に加えるための漢名について、提案や候補が書き添えられていた。

何を見ても、鈕祜祿氏のことを思い浮かべては、そのたびに鼻の奥が湿り、目頭が熱くなる。マリーが思いを寄せる男性の最愛の妻であった女性に、これほどまでに哀惜の情を覚えるというのも、世間一般の男女関係とはかけ離れていて不思議だ。あるいは、マリーが清国の一夫多妻の概念に慣れてきてしまったのかもしれない。

鈕祜祿氏は福晋たちを『妹』と呼び、庶福晋の産んだ女児を『娘』と呼んで慈しんだ。それは鈕祜祿氏自身が女児を授かったあとも変わらず、阿紫に『あなたの妹』、実の娘の阿香には『阿紫はあなたのお姉さま』と言って姉妹が仲良くするよう、心を砕いていた。

鈕祜祿氏の廂房で、年の離れた姉妹が楽しげに遊んでいた光景を思い返していたマリーの視界に、侍女を従えてこちらへ歩んでくる少女の姿が映る。

花園で阿紫を見かけたのは、阿盈が溺死して以来、これが初めてだ。何年経っても花園の散策は嫌がる阿紫を、幼い従弟が池で溺れたことが心の傷になっているのだろうと、マリーは考えていた。

それが花園を歩こうという気持ちになってきたのは、もともと活動的な阿紫にはよい変化だとマリーは思った。あるいは邸内にいても、鈕祜祿氏と異母妹の面影や存在を思い出して、つらいのかもしれない。

マリーは端に下がって両手を片方の膝に重ね、膝を折って腰を落とす。満族女性の挨拶である請安礼だ。

これも、十年の清国暮らしのあいだに、すっかり板についた作法だ。

「瑪麗、お立ちなさい。この時間に瑪麗が花園を散歩するのを太監から聞いたの。それで、わたくしもここを歩くことにしたのよ。三日目で会えてうれしい」

マリーと会えたことが、とても嬉しそうだ。

阿紫の快活な笑顔は、叔母の和孝公主に似ている。すっかり皇族の作法も身についた阿紫には、かつてはマリーの作った菓子を食べ散らかし、バレエのステップを真似して飛び回り、王府を恐怖に陥れたころの奇矯さはない。髪も子どもが背中に垂らす一本の辮子というお下げではなく、きちんと小さな両把頭に結い上げている。真ん中に大きすぎない牡丹の造花をあしらっているだけで、簪などは挿していない。

初めて会ったのが三歳くらいであったから、いまは十四かそこらではないだろうか。マリーが十四歳のときは、徒弟としてホテルのパティシエ部門で働いて、皿洗いを卒業していた。

「もったいないことです。洋式甜心局が忙しいので、散歩の時間もあまりとれず、毎日歩いているわけではないのです。阿紫さまを歩かせていたなどと知れたら、張佳の奥さまに恨まれてしまいます」

「お母さまのことは、いいのよ。もう、嫁入り前のあれとかこれとか、うるさくなさっておいでで、うんざりしてしまう。どうして甜心づくりが花嫁修業に入らないのかしら。刺繡や琵琶の練習よりも、ずっと楽しいし、喜ばれる贈り物にもなると思うのに」

マリーが同部屋の下女らと食べようと思っていた菓子を、ひとりで食べ尽くした三歳児が、もう嫁入りの心配をするような年齢になったのだ。それだけの年月を異国で生きてきたのだと、マリーは感慨を覚える。

「厨師や糕點師は汚れ仕事ですから。毎日小麦粉で顔はもちろん、手から肘まで真っ白になって、暖炉や竈の灰で煤だらけにもなります」

「あら、それなら白粉を顔に塗る手間が省けるのではなくて？」

阿紫の物言いの小気味よさに、マリーの応答にも弾みがつく。

「そういえばフランスには、ご自分用の厨房を持っていて、上手に料理をなさったり、自らコーヒーを淹れたりして、側近の貴族らをもてなした王様がいました。私が生まれる前のことですけど。その王様が編み出された料理のレシピも、料理の本に載っています。あちらの王侯貴族は、こちらの旗人と同じように狩猟を好みますから、自分の仕留めた獲物を自分の好みで料理することは、国王と貴族にとっては嗜みだったのかもしれないですね」

王妃との間に十一人の子をもうけただけではなく、公妾と愛妾の数は二桁を超え、五十人を超える庶子をなした漁色家として歴史に名を残したルイ十五世を、ここで引き合いにだすのは、いささか気が引けるマリーだ。

マリーの敬愛するマリー・アントワネット王妃は、夫に贈られた小さな農村『プチ・トリアノン』で自ら牛の乳搾りをしていたという。マリーはその話もしてみようと思ったが、阿紫が牛の乳を搾りたいと言い出して、張佳氏を逆上させることになってはと考え、思いとどまった。

「和孝叔母さまも、ご自分の甜心房をお持ちだそうね。マリーはそこで叔母さまに甜心づくりを教えているのでしょう？」

「ここのところは、あまりお呼びはかかりませんけど」

最近の豊紳殷徳は、鬱々として気が晴れず、人に会うのを拒んでいるらしい。父親とは対極の、善良な朗らかさはすっかり影を潜めているという。

「そうなの？」

阿紫は首を傾けて残念がる。

もののしゃべり方も、母親の張佳氏より和孝公主に似ている。阿紫は和孝公主に憧れているのだ。和孝が成人する前は、弓馬の術や学問に精通していたと聞いて、乗馬の練習にも夢中になっているという。

「そういえば、マリーは乗馬もできると聞いたけど」

阿紫は目を輝かせて訊ねる。北京城内では馬に乗る機会のないマリーは、思わず苦笑を漏らす。

「馬の背に乗って、落馬せずに進むことができるという程度です。乗馬は避暑山荘へのお供をするときだけですから」

「それでも、充分だわ。来年の塞外行きは、わたくしの供回りになってくれるかしら」

マリーは阿紫の率直さを楽しみながらも、真顔を作って阿紫をたしなめた。

「張佳の奥さまの許可がいただけたら、もちろん、喜んで」

マリーを嫌っている張佳氏が、そのような許可をだすことはないだろう。それを知っている阿紫は、口を尖らせた。

「嫡母さまは、マリーを姉と思って敬いなさい、といつも仰せだったわ。姉と妹が、旅をともにするのは、当たり前のことではなくて？」

阿紫の瞳から快活さが薄れる。鈕祜祿氏の面影を追うかのようにまぶたを伏せ、袖で目尻を押さえた。小さく鼻をすする音。

マリーもまた、鈕祜祿氏の記憶が蘇り、喉が詰まる。すぐには言葉を返すことができなかった。

何かを目にするにつけ、誰かと会話をするにつけ、鈕祜祿氏のことが思い出されて胸が塞がれる。一日に何度も何度も、帰らぬ人への気持ちが急にあふれて、顔を覆って泣きたくなる。

鈕祜祿氏はもうこの世から去ってしまったのだ。二度と目にすることも、触れることも、その声を聞くこともないのだと心が知り、胸の痛みが薄らぐまで、どれだけの時間を必要とするのだろう。

鈕祜祿氏が、マリーのことを娘とも妹とも思っていると言ってくれていただけではなく、家族にもそのように伝えていてくれた。社交辞令でなく心からそう思ってくれていたことを知ると、堪えようもなく涙ぐんでしまう。

「もったいないことでございます」

嗚咽を堪えながら、マリーは頭を垂れた。湿っぽくなる空気を払うかのように、阿紫は声を高くし、話題を変えた。

「洋式甜心局も見に行きたいのに、マリーたちの仕事の邪魔になるってお母さまが許してくださらないのだけど、それならお父さまに頼んで、わたくしの廂房をいただいてそこに厨房を造ればよいのよね」

慶郡王府には、三十を超える建物がある。四人の妃とひとりずつの娘と息子には多すぎる数だ。阿紫が『自分の廂房』を所望して、許されないということはないだろう。永璘は長女には甘いのだ。

兄弟姉妹が増えないまま適齢期が近づいている阿紫が、マリーを本当の姉のように慕うのは当然のことであったかもしれない。

そろそろ散歩を終えて仕事に戻らねばならないマリーだったが、阿紫がもっとおしゃべりしたそうに庭園の景観についてあれこれ話し始めるので、遮ることも憚られる。

「ねえ、瑪麗。この花園は、栄国府の賈家が建造した大観園を模して造られたものだそうよ。和珅のような権臣が、紅楼夢のような恋愛小説を読んでいたと思うと、なんだかおかしいわね」

阿紫は松や楓の枝の向こうに見え隠れする楼閣や堂宇を指さし、その名をたぐる。

「こうろう？　こんなすごい庭園が、他にもあるんですか」

和珅並みの富豪が他にもいたのかと、マリーは驚きに目を見開いた。

「大観園は物語の中の庭園よ。マリーは小説は読まないの？」

「架空の庭園ということですか。私が読むのは料理の本とか、作法の本ばかりですね。漢語は文章が長くなると意味がわからなくなってしまうので」

マリーは恥ずかしく思いながら言い訳する。フランスの小説も、そういえば読んだことはない。というか、あったのだろうか。中世の騎士や貴族の恋物語などは、戯曲や芝居で見聞きしたことはあるが、十二のときから働き始めたマリーは、読書の習慣そのものがなかった。

むしろ、一般人が教育を受けることのなかった当時のフランス人庶民として、料理や作法の本、新聞のゴシップ欄を読めるというだけでも、マリーは才媛に分類されるだろう。いまでは漢語の本も努力すれば読めるようになったのだから、たいしたものだと褒められてもいい。

「難しい本ではないのよ。美男の貴公子と、かれを取り巻く美しい少年少女たちの恋愛模様。私が読み終えたばかりの五巻までを、今夜にでも甜心局に届けさせるから、よかったら読んでみて。とっても胸がときめくの」

「恋愛、小説ですか」

「のっぴきならないおとなたちの事情も描かれているから、若い娘が読むものではないとお母さまは仰せだけど、ならばなおさら、嫁入り前の女たちは読んでおくべきじゃないかしら」

マリーは阿紫の勢いにたじたじとする。

「それに、さまざまな身分と階層の人間が出てきて、いろんな事件が起きるし、たくさんの行事が盛り込まれていて、堅苦しい作法の本よりもずっと勉強になると思うから」

マリーはなし崩しに本を借りる約束をし、花園のどこらあたりが架空の大観園と似ているか、そこに住んで愛憎劇を繰り広げた架空の少年少女、老若男女の話を、阿紫から延々と聞かされる羽目になった。

第三話

祖国への帰還と、再びの渡華

嘉慶六年～嘉慶二十一年
西暦一八〇一～一八一六年
北京／パリ／広州

洋式糕點師(ガオディアンシー)の告解と、ふたつの自我

鈕祜祿(ニオフル)氏の薨去(こうきょ)によって、マリーの慶郡王(ぐんおう)府における日常が、劇的に悪化したわけではない。王府のために洋菓子を作っては、求められるところへ納品するのがマリーの仕事だ。それはかつて貴族に仕(つか)えていた父の生き方と、なんら変わりはない。

ただマリーの胸に、大きな穴がぽっかりと開いたような、あるいは世界と自分の間に薄い膜が張っているような、どこか現実離れした感覚がまとわりついて離れない。

マリーが二十代後半にもなると、豫(よ)親王とその妃(きさき)からの勧誘もなくなり、永璘(えいりん)が郡王に進んだことで、他の親王家からの干渉(かんしょう)も減った。菓子作りに専念できる日々は、充実していると言って差し支(つか)えないはずだった。

そうした環境にもかかわらず、マリーがそれまで『自分の居場所』として心地よく感じていた王府の空気に、変化を感じずにはいられない。

何里にも及ぶ塀(へい)と石壁に四方を囲まれた『王府』は、完結した小さなひとつの世界だ。そこで働く者たちの衣食住はすべて上から供給され、足(た)りない物は業者が売りに来るのを待って買えばよい。ひとりの人間が生きていくために必要な物は、何もかも揃っていた。

そして、北京（ペキン）の外城や地方の貧困、ごく少数の満洲族が支配する征服王朝に不満を抱えた漢族民衆の反乱、その鎮圧という名を借りた軍隊による掠奪（りゃくだつ）とは無縁の、無風で安全な箱庭であった。

「今日の食事は、豪華ね。どなたかのお誕生日だったかしら。洋式甜心局（てんしんきょく）には、お祝いのお菓子は命じられてないけど」

賄（まかな）い厨房へ夕食を取りにきたマリーは、丸鶏（まるどり）の蒸し焼きが並び、大皿には慶事に出されるような豪華な料理が並んでいるのを見て、厨師（ちゅうし）の孫燕児（そんえんじ）に声をかけた。

「なんだ、聞いていないのか。老爺（ラオイエ）に新しい庶福晋が輿（こし）入れになったんだ」

「え」

驚きに固まったマリーの横で、小蓮（しょうれん）が「なんですって！」と悲鳴を上げた。

まだ鈕祜祿（ニオフル）氏の喪も明けていないのに？　とマリーは内心で思い、小蓮は声に出して言った。燕児は女たちの驚きには動じた風もなく、淡々と説明する。

「鈕祜祿の奥さまが以前から手配されていた側室で、輿入れが葬儀のために延期になっていた。年を越してからでは春まで都合の良い吉日が巡ってこないから、今年のうちに内々に娶（めと）られることになったんだ。李（り）の奥さまと申し上げる」

小蓮の愕然（がくぜん）とした表情を横目に、マリーは内心の混乱と失望を押し隠して訊（たず）ねる。

「どちらの廂房（わきのや）？　私たち、お迎えに並ばなくていいの？」

「まだ喪は明けてないから、派手（はで）なことはなさらないそうだ。正式な婚礼とお祝いは、来年になる」

提盒にご馳走を詰めて、甜心局へと戻るマリーと小蓮の足取りは重い。小蓮は涙目になって、ぶつぶつと愚痴をこぼしている。

「李氏ですって！　李佳氏じゃない、旗人でないふつうの漢族よ！　どうして――」

姓に『佳』の文字を授かっていないからといって、漢族旗人ではないとは限らないのだが、満族の小蓮にとっては、自分がないがしろにされた気分になるらしい。

「鈕祜祿の奥さまが選んだお方なら、きっとよい福晋におなりになるよ」

自分の声に落胆が滲み出ていないかと、マリーは気にしながら小蓮を慰めた。

鈕祜祿氏が世を去り、第一側福晋の劉佳氏は、ひとりの子も産むことなく三十路を迎えた。嫡福晋の御殿である後院の東廂房は、そのまま鈕祜祿氏の位牌が置かれ、新しい主人を迎える気配はない。しかし秋が深まるにつれ、永璘の一人息子の母である第二側福晋の武佳氏が、王府での発言力を伸ばしていた。

武佳氏は嫁いで来たばかりのころ、マリーと永璘の仲を疑い、嫉妬をむき出しにして暴言を吐き、永璘を怒らせたことがある。そのことがしこりとなっているためか、武佳氏はマリーに対して冷淡であった。

武佳氏の産んだ男子が順調に成長し、王府の跡継ぎとなれば、次の嫡福晋――正しくは継福晋であるが――の座は武佳氏のものになるだろう。そのためか、武佳氏の顔色を窺う空気が王府内に醸成されていく。

鈕祜祿(ニオフル)氏は、王府におけるマリーの後ろ盾(うしろだて)だったのだ。守られているという安心感は、当主の永璘ではなく、家政の頂点にある嫡福晋から得られるものであったと、いなくなって初めて実感する。

この表現し難い心許(こころもと)なさを、マリーは誰にも相談できずにいた。

季節は冬を迎え、マリーは西暦のカレンダーを眺めた。

十一月の終わりにさしかかると、マリーは待降節(たいこうせつ)の準備に取りかかる。

まずはパン・ド・ノエル――文字通りクリスマスのパンづくり。

マリーが待降節の祭を祝うようになったのは、慶郡王府が移転し、洋式甜心局に個室を持ってからのことだ。そして、パン・ド・ノエルを作り始めたのは、必要な材料であるサクランボの蒸留酒『キルシュ』をトーマスが手配してくれるようになった年からだ。

トーマスはキルシュの他に、ブランデー、シェリー酒、ラム酒なども送ってくれる。ワインは欧州(おうしゅう)から船で運んでいるうちに品質が劣化(れっか)してしまうのだが、蒸留酒はそこまで味や香りが変わらない。菓子作りに香りの高い洋酒が使えるようになると、レシピの幅がぐんと広がる。

和珅(ヘシエン)が失脚するまで、西洋菓子の材料を取り寄せてくれていた英国商人は、巻き添えを怖(おそ)れてどこかに身を潜めてしまっていた。カカオやアーモンドが手に入らなくなってマリーが途方に暮れていたところに、入れ替わるようにトーマスの代理人が材料を搬入してくれるようになり、とても助かっている。

クリスマスの四週間前の日曜日に、最初の蠟燭に火を点し、主日毎に教堂のミサに参列して、十二月のカレンダーに印をつけ、六日の聖ニコラ祭にごちそうを並べる。

この、聖ニコラ祭からキリストの生誕祭を待つあいだ、毎日少しずつスライスして食べるのがパン・ド・ノエルだ。家族がそろっていたときは、大量のパン・ド・ノエルを作り、両親はシナモン入りのワイン、マリーは温めた牛乳に、薄く切ったパン・ド・ノエルを浸して食べて、いつもより長いミサに出かけたものだ。

パン・ド・ノエルは砂糖の量が小麦粉と二対五という多さに、干し葡萄や干果もたっぷり練り込むために、とても甘い。そして日が経つほどに、スパイスと干し果物の風味がパンに馴染んでゆき、味わいが深くなっていく。

父が教えてくれたことだが、待降節にスパイスと干し果物、ナッツを練り込んだパンやガトーを作って食べるのは、フランスだけではないそうだ。ドイツではクリスマスのパンを白い糖衣で包んだのをシュトレンと呼び、イギリスでは蒸したプディングにブランデーを注いで火を点けるらしい、などなど、幼かったマリーは見たこともない外国のクリスマスのパンを思い描き、その味を想像したものだ。

いまではたったひとりで祝う待降節だが、それでも両親や婚約者のジャンがいたころの日々が懐かしく思い出される。

マリーは寝室の棚に祭壇を作り終えると、人気のない甜心局に下りて、硝子の鉢を作業台に置いた。

トーマスに送ってもらったキルシュに、数種類のスパイスと、柑橘類の皮の砂糖漬け、レーズンや杏、イチジクなどの各種のドライフルーツ、ヘイゼルナッツとアーモンド、そして胡桃を浸けて甜心局の隅に置いた。

次の日、小麦粉とその半量の砂糖と酵母を浸けたものと混ぜて、なめらかになるまで捏ね上げる。ずっしりとした生地を三つに分けて楕円に成形し、さらにブリオッシュの生地も作って発酵室へ運んだ。

そこへ、いまやパン工房の麺包師でもある甘先生が、その日に焼くパンを持って発酵室に入ってきた。

「趙小姐、今日はお休みじゃなかったんですか」

「ええ、このパンが焼き上がったら、外出します。支度してきますね」

マリーはにこっと笑って二階へと上がった。

髪は両把頭に結い、控えめに簪を挿す。顔は薄く白粉を載せて、外出着に着替える。

甜心局に下りたマリーは、パン・ド・ノエルとブリオッシュを焼き上げ、粗熱が取れたところで竹籠に入れて蓋をした。

北堂へ、待降節の最初の主日ミサに持って行くためだ。

アミヨーがオルガンを演奏しないミサは、どうにも物足りない。アミヨーの冥福を祈りつつ、マリーは賛美歌を歌い終えた。

パン・ド・ノエルを受け取ったパンシ神父は、顔をほころばせた。

「いつもありがとう、マリー。このスパイスの香りを嗅ぐと、クリスマスを実感する。修道士を志す前の、まだ子どもであったころの、クリスマスを待ちわびる高揚感を思い出すからだろうか」

「イタリアもまた、スパイスとドライフルーツのパンで、クリスマスを迎えるのですか」

互いの文化に共通する季節の食べ物が、それぞれの幸福であった記憶を呼び覚まし、ふたりの頬に笑みを湛えさせる。

パティシエールとして、マリーがもっとも喜びを感じる瞬間だ。

「パネットーネという。フランスのパン・ド・ノエルほど甘くはなく、もっと弾力があったと記憶している。親戚や近所じゅうに配っては、相手からも受け取って、なかなか減らなかった」

パンシ神父の素朴な笑みに、マリーも微笑を誘われる。

「ああ、特殊な酵母と乳酸菌で発酵させたパンですよね。酵母の名前が、ちょっと思い出せないんですが。レシピがあれば作ってみたいです。それで、パンシ神父さま」

マリーは表情を改めて話題を変えた。

「今日は絵のレッスンではなく、告解を受けたいのです」

「今年はいつもの年より早いのだね」

パンシ神父は告解室への入り口を見て、人だかりに苦笑した。

「この時期は告解の順番を待っているだけで一日が終わる。私の工房(アトリエ)で聞こう。パン・ド・ノエルを厨房に置いてくるので、先に行ってなさい」

マリーは礼を言って、いつも絵の指導を受ける工房へと向かった。

告解はキリスト教徒が自分の犯した罪を告白し、赦(ゆる)しを請(こ)う儀式だ。

マリーが故国にいたときは、特に疑問を持たずに、母の言いつけを聞かなかったことや、父に口答えをしたこと、友人との喧嘩(けんか)、あるいは仕事上の不満を誰かにぶつけたことなど、そのたびに教会へ行って自分の罪を告白し、赦しを得ていた。

北京に来てからはアミヨーに告解を受けていたのだが、王府の暮らしが長くなるにつけ、神の御前といえども口にできないことが多くなってきた。そのために、告解の儀式も年に一度だけと、形式的なものになっていた。アミヨーが他界したのちは、パンシに告解を受けてきたが、なおさらふだんの生活に関わることは言えなくなっていた。

アミヨーやパンシを信用できないのではない。たとえささいなことでも、皇族に関することを漏らしたために、北堂に禍(わざわい)を及ぼすことが怖かったからだ。

永璘と鈕祜祿(ニオフル)氏のように、温厚で寛容なあるじを戴(いただ)く慶郡王府でさえ、清朝宮廷の一角を成す人脈に連なる以上、マリーもまた用心深くあるよう求められる。

マリーはパンシを待つ間、告白すべき罪を整理し、心の準備をする。パンシの足音が聞こえてきたので、マリーは近くの椅子(いす)を引き寄せて跪(ひざまず)き、両肘を椅子の上に置いた。

告解には似つかわしくない、ティーポットと茶碗を盆に載せたパンシ神父が、扉を開ける。思いがけなく視界の低い位置に跪くマリーに、両方の眉を上げた。

「膝をついて待っていたのかね。この部屋の床は告解室の床と違って固くて冷たい。椅子にかけて告解しても、神はお許しになるだろう」

パンシに促されて、マリーは背もたれのない作業用の椅子に腰かけた。マリーのようすがいつになく真剣であるのをパンシは察した。

盆をテーブルの横に置き、暖炉の火を掻き起こし、水を満たした薬缶を火にかけ、自分の椅子を引いて腰を下ろす。

それから二人の間に十字架と聖書を置いた。

「では、マリー。神の慈しみを信じて、自身の罪を告白しなさい。神と子と、精霊の御名によって。アーメン」

パンシは、初めて会ったころの謹厳とした面持ちと声で、マリーに告解を促す。

「神と子と、精霊の御名によって。アーメン」

マリーはパンシに唱和し、深呼吸をしてから始めた。

「私は、善きキリスト教徒としては、してはならないことを積み重ねてきました。ローマ・カトリック教会の禁ずるところの中華の祭典と葬儀に参列し、かれら異教徒とともに、かれらの言葉で、かれらの信じる道へと死者の冥福を祈りました」

パンシは黙って聴いている。告解を聴く聖職者は、信者を断罪する立場にはない。己の罪と向きあう信者は、神父を通して神に語りかけているのだ。

王府に勤める以上、清国の典礼を避けて通れないマリーの告解は、パンシにとってはいまさらのことであった。それゆえ、個人的心情としても、その行為を『ゆるしの秘蹟』を授けるほどの重い罪であるとは考えない。

パンシはもともと、清国人の信徒が、中華における伝統的な典礼を行うことに寛容なイエズス会の会士であった。

イエズス会は清国人の先祖崇拝や、儒教や道教に基づいた伝統行事を、宗教的行為ではなく、社会的習慣と見做すことで彼らの生活に入り込み、布教活動を広げていった。そして、宣教師らの持つ高度な科学、天文などの専門的知識や、最新の技術を以て、宮廷においても入信者を増やしていった。

このイエズス会の適応政策が続いていれば、いまごろ清国はキリスト教徒であふれかえっていたのではないか、とパンシは思う。

パンシはイエズス会の黄金時代を知らない。

ドミニコ会など他派の海外伝道会は、清国人キリスト教徒が異教の儀式を続けるのを重く見て、このことを教皇庁に訴え、当時の教皇から清国人キリスト教徒の伝統的な典礼行為を一切禁じる勅書を、一七一五年に引き出した。

時は康熙五十四年、この中華典礼の禁止のために、清国における布教は難しくなった。その後のキリスト教弾圧も、この禁令が招いた結果といえるかもしれない。

それから半世紀、東洋における布教活動が衰退を続けていた一七七一年、パンシは三十七歳で清国に上陸した。そのわずか三年後にイエズス会廃止の報を受け、異教徒の国で修道会解散の憂き目に遭った。以来、二十七年を布教活動にかかわることもなく、他の会士のように還俗もせず、そして後発の伝道修道会に合流することもせず北堂に住み続け、宮廷画師として生きてきた。

イエズス会が廃止になったのは、清国における布教活動に、適応主義を通そうとしたことが、教皇の怒りを買ったためではない。欧州各国におけるイエズス会勢力の政治的伸張が、王侯貴族や他派の修道会の憎しみを買ったためだ。

南欧州の各国とフランスはイエズス会を廃止させただけでなく、会士らを国外に追放したという。欧州にいた同輩らは、ロシアなどの外国へ亡命を余儀なくされた。

パンシとアミヨーは、欧州における宗教と政治の争いの火の粉を、遠い東の国で被ったといっていい。

アミヨーが北堂運営を引き継いだフランス人ラザリスト会の宣教師ではなく、イタリア人のパンシをマリーの画師として紹介し、そして死に臨んでパンシにマリーの告解を託していったのは、こうした事情からであった。

ラザリスト会の宣教師らが、マリーに典礼の参加をやめるように厳格に求め、布教に協力するよう説得を試みる可能性を、アミヨーは真剣に憂えていた。

「鈕祜祿の奥さまの葬儀には殯宮に詰め、初祭から本祭まで喪服を脱ぐことなく、香を焚き、王府の人々と祈り、陵(りょう)に棺(ひつぎ)を納めるのも泣きながらついて行きました」

鈕祜祿氏から受けた多大な恩を、そうすることでわずかなりとも返せるならばと、マリーは信じてやり遂げたのだ。

「慶郡王妃は、マリーにとっては偉大な後援者でもあられた」

異教徒の典礼に従ったとはいえ、恩人に対する敬意を表したマリーに非はないことを示そうと、パンシはつい口を挟んでしまう。

マリーは激しく首を横に振った。

「私は――」

息を吸い込んで言い淀む。

「後悔したんです。奥さまが『わたくしの妹におなりなさい』とおっしゃったときに、どうして断ってしまったんだろう、って」

血のつながりのない者が、嫡福晋の妹になるということは、永璘の側室となるという意味だ。

「本当は、ずっと、そうできたらいいと思っていたんです」

顔を歪(ゆが)めて、マリーはいまにも泣きそうに両手で顔を覆(おお)った。

清国の皇族に嫁(とつ)ぐためには、信仰を棄(す)てなくてはならない。そうしてもいいと、一度ならず考え、あるいは清国に生まれた一旗人であったなら、と一度も願ったことがないとは言い切れない。

信仰を棄ててしまったら、神の国にいる両親と再会できない。信仰を貫けば、永璘や鈕祜祿(ニオフル)氏との縁は永遠に途絶(とだ)えてしまう。

マリーは常に、ふたつの世界の狭間(はざま)で、どちらにも行けずに迷い続けていた。

「洗礼を受けずに身罷(みまか)られた鈕祜祿の奥さまに、魂の救済はないんですよね。唯一の神を信じない清国の人々の魂は、死後はどこへいくのでしょう? 先帝は、人は死ぬとふたたび地上に生まれ変わると信じていました。あるいは徳を積んだ仏教徒は、仏教徒の信じる浄土に転生すると言います。現世で結ばれることのなかった相手と、ふたたび出逢い結ばれるまで、何度でもこの地上に生まれてきたいと言う人もいます。あの人たちに、そんな浄土は存在しない、そんな来世は来ないと、私は断言できません。大好きな家族や人々ともう一度出会えるのならば、それが神の国でもこの地上でも、いまを生きる希望になるのですから。でも、私にはその希望は許されない。奥さまにも老爺(ラオイエ)にも、王府の仲良くしてくれた人たちとは、現世で別れたら二度と会えない。それをつらい、哀(かな)しい、耐(た)えられないと思うのが、主への冒瀆(ぼうとく)で、私の罪です」

何週間も、この日のために自問自答して、自分の罪を整理してきたつもりだったが、話しだすと止めどなく言葉があふれてくる。感情的になってしまって、意味が通じるように話せているのかも、自信がなくなってきた。

パンシ神父は机の上に乗せた拳(こぶし)を軽く握り、うつむいてマリーの告解に耳を傾けていた。マリーの言葉が途切れ、それ以上続かないようすに顔を上げ、苦悩に歪(ゆが)むマリーの顔をじっと見つめる。

数年前、朋輩のアミヨーに絵の師事を頼まれてマリーに会ったときは、妙齢とはいえまだ少女の面影を残していた。いまのマリーは成熟したひとりの女性だ。

当時はパティシエールの見習いだったマリーは、いまや自分のパティスリーを切り盛りし、後継を育て、絵を学び、父の代からの知識と経験をレシピの本として出版した。

傍から見れば、女性の職人として若くして成功している、とても稀な例ではないだろうか。それが、その胸の内にこのような葛藤を抱えている。

マリーは告解を終えたようだが、赦しを請う言葉を口にするまで、パンシは形式上『償いのわざ』を指示することはできない。まだ告白すべきことがあるのではと、パンシ神父は黙ってその続きを待つ。しかし、しばらく経ってもマリーは沈黙したままだ。

マリーはやがて小さなため息をついた。

「神の御心に背くようなことを考える私は、地獄に落ちるのでしょうか」

パンシは口を開いたが、長く黙っていたために喉に声がからんだ。咳払いをして喉を落ち着かせ、「地獄に落ちるほどの罪ではない。正しくないことを認識し、反省しているのだから、神はマリーをお許しになる」とゆるしの秘蹟を授ける。

マリーが一夫多妻を肯定し、キリスト教徒に生まれてこなければ、と願ってしまったこと、異教の教えに共感を示したことは、本来ならば神の掟に反する重い罪だ。

だが、パンシはマリーをゆるした。神はマリーをゆるすだろうと考えたからだ。

「ともに祈りの言葉を」

パンシとマリーは、長い聖句を唱え、告解の儀式を終えた。

「マリーの持ってきてくれたブリオッシュで、お茶にしよう」

暖炉にかけておいた薬缶は沸騰し、湯気を上げていた。マリーは急いで立ち上がり、紅茶の葉をティーポットに入れる。

砂糖をたっぷり入れた紅茶は香気も高く、透き通ったルビーの色も美しい。ふうふうと息をかけて冷ましたお茶は、優しく舌に触れて喉を下りていく。

マリーは冷えていた体が、お腹の底から急速に温まってくるのを感じた。ほうっと深い息をつく。

マリーが何か言う前に、パンシが口を開いた。

「まずは、マリーに寄付の礼を言わねば。嘉慶帝の世になってから、北堂の運営も厳しくなってきた。しかし、今後はレシピの本から得た収入は、自分の将来のためにとっておきなさい」

マリーは顔を赤くして、首を横に振った。

「いえ、とんでもないです。本が出せたのは、パンシ神父さまの助けと、北堂の印刷機を使わせてもらったからです。お礼に寄付をするのは当然です」

パンシ神父は何度かうなずき、もう一度礼を言った。

「アミヨー神父に、マリーのことを頼まれていたのだ。こちらこそ当然のことだ」

マリーは驚きに目を瞠（みは）った。

ここ数年のパンシの態度から厳格さが消え、以前より快活に話しかけてくるようになったのは、アミヨーの遺言によるものだったのだ。

「この先マリーが頼りにするのならば、同じフランス人の神父の方が話しやすいのでは、とアミヨー神父には言ったのだが、他派の会士では、マリーが典礼を避けられないことに寛容になれないだろうと最後まで心配していた。やはり、アミヨー神父の危惧（きぐ）どおり、マリーの心身は信仰と清国の伝統の板挟みになって、苦しむようになってしまった」

マリーはティーカップを両手で包んで、その温かさにすがる。年配の友人は死の床（とこ）にあってもマリーの行く末を心配してくれていた。

「さきほど、告解の儀式においてマリーに償（つぐな）いのわざを授けなかったのは、神の代理人としてではなく、私個人の考えをいくつか話しておきたいと思ったからなのだ。聞いてくれるだろうか」

「もちろんです」

マリーは姿勢を正して、パンシの言葉を待つ。

「教会の権威を背景とした助言では、マリーにとって不都合があり、実行できなかった場合、それをまた罪として捉えてしまうかもしれない。だから、あくまでも——そうだな、絵の師として、弟子の未来を憂慮（ゆうりょ）する年寄りの繰（く）り言くらいに思って、耳を傾けてくれ」

パンシは念入りに前置きをして、話しはじめた。

「清国に欧州の菓子を広め、根付かせようとするのならば、欧州人の味覚や伝統に固執せず、こちらの伝統や味覚に適応していくのが最善だろう。そのためには、この国に住む人々の営む日々の慣習をおろそかにはできない。私自身、西洋画の手法を好まぬ清国人の感性に添うように、画風を変えてきたことで、宮廷画師として生きる道が残された。いまにして思えば、東洋における宣教活動がうまくいかなかったのは、当時の教皇が清国の伝統を否定し、我々のやり方を押しつけたために、上は皇帝の怒りを買い、庶民からは忌避されることになったのだ。道に迷う信者を導くために、伝道に生涯を捧げると誓った人間が、教義に反することは口が裂けても言うべきではないと思う。だが同時に、我々は失敗から学ばなくてはならない。伝道についてはすでに手遅れではあるが、マリーの菓子の伝道は始まったばかりだ。マリーには、ローマ教会が清国の現実を見ずに押しつけてきた規則や教義に囚われて、天職の菓子作りまで失敗して欲しくない、と私は願っている」

うっすらとした笑みを口の端に刷いて、パンシはマリーが清国人の祭事に関与してきたことを肯定してくれた。

「ありがとうございます」

「礼を言うのは早い。清国人に受け容れられるために、伝統に縛られることなく欧華折衷に励んだとして、本来のフランス菓子のレシピや風味が別の何かになってしまうのも本末転倒だ。そのあたりのバランスが難しい」

日々の悩みを的確に言い当てられたマリーは、老人の慧眼に胸の奥を見透かされたようで、言葉もなくうなずくばかりだ。

「それは典礼のからんでくる清国人との交わりにおいても、同じことが言えるだろう。フランス人としてのマリーの自我と、旗人らの習慣に同化していくマリーの感性は、つねに対立し、葛藤を強(し)いられる。自分の足はどちらに立っているのか、人間としての信念が東西のどちらを向いているのか。自分の芯(しん)は何国人であるのか。それとも狭間に生きる自分に魂の芯なるものが、はじめからあったのだろうかと、疑問を覚えてしまう。絶えず信仰を試されているような緊張を抱えて、自分の本音すら見失いがちな日々に、心身が削(けず)られていくような疲労が溜まっていく」

パンシは易(やさ)しい言葉で、先ほどの告解で感情的になり、混乱していたときのマリーの心境を、わかりやすく説明してくれようとしている。

パンシがマリーに語りかけているのは、本質のまったく異なる二つの文化と信仰の狭間に長い間身を置くことで、マリーが自己同一性(アイデンティティ)の喪失という危機に陥(おちい)っているのではないか、という考察であった。

「そしてマリーは女性だ。無神経な世間がどう言おうと、パティシエールとして自立を目指すマリーが結婚に執着していないことは、長く付き合ってきた者にはわかる。だが、やはりマリーは女性であり、いつかは家庭を持ち、子どもを望む日が来るかもしれない」

男の職人は、我が子に家伝の技や知識を伝えていく。マリーが先達として、自分の血を分けた者に似たようなことを望んだとしても、それはまったく自然な成り行きであるとパンシは言う。

「この先、マリーの中のフランス人と清国人の血は、平和的に折り合いをつけるかもしれない。反対に、マリーの自我が崩壊してしまうような、魂の核にかかわる選択を迫られる日がくるかもしれない。すべては、そのときの状況と、マリーを理解し肯定してくれる人間が、そばにいるかどうかにかかっていると私は考えている」

マリーがパンシの助言を咀嚼するのに、二杯めの紅茶が冷めてしまうくらいの時間がかかった。感覚的にはわかるのだ。今日の告解の核心は、まさにマリーの信仰の揺らぎ、もっとはっきりと言えば、ぐらつきであったからだ。

パンシはそれをきちんとわかっていた。そしてマリーの迷いを信仰に対する裏切り、あるいは不誠実さと糾弾せずに、そうならざるを得ないマリーの状況を理解し、分析してくれた。

混乱し、眉間に皺を寄せて考え込むマリーに、パンシは微笑みかけた。

「私にも覚えがある。イタリア人の伝道師は、フランス人伝道師やポルトガル人伝道師のように、国家の庇護がない。どの国の出身であろうと、ローマ教皇の名によって選出され、派遣されることに変わりはないのだが、ポルトガル人の南堂やフランス人の北堂、あるいはドイツ人の多い東堂といったように、拠って活動する拠点我々イタリア人の伝道師にはない。母国語を話す機会もなくなって久しく、仕事でもイタリア語を使うことはない」

「でも、ラテン語は――」

マリーは思わず口を開いたが、すぐに閉じた。ラテン語はすべてのキリスト教聖職者の公用語ではあるが、北堂で欧州人だけになると、その会話はフランス語が交わされることが、圧倒的に多いのだ。

イタリア人には、フランスやスペイン、イギリスのようにひとつの王家によって中央集権化された国家がない。古代にイタリア半島の中部から興り、ヨーロッパの大半とエジプトから小アジアまでを領有したローマ帝国の子孫は、その滅亡以来、もう何世紀も小王国の興亡や、より強大な諸王国の干渉に翻弄され、僭主を戴く公国や都市国家へと分裂して団結することがなかった。

パンシは穏やかな微笑を絶やさず、マリーに実用的な提案を差し伸べた。

「自分が何者であったか、ときどき曖昧になり、不安を覚えるときは、むしろ自分と向き合い、自我の拠って立つところを自身に問い続けていかねばならないと思う。私は、死ぬまでイタリア人でありたいと思っている。そしてイタリア人宣教師としての自我を維持するために、毎日、イタリア語で日記と手紙を書いている」

マリーは自分が何者なのか、いまここで問われてもすぐには答えられないと思った。かえって混乱してしまいそうだ。

フランス語も北堂でしか話すことはない。最近は独り言も夢の中でも北京官話だ。

「あの、自我とか、魂の核を決めるものって、なんなのでしょう」

すでにその答をパンシは出していたのだが、マリーは確認するために訊ねる。

「人間の自我を形作るために、何がもっとも重要であるかは、議論となるだろう。私は信仰と文化、そしてそれを思考し語るための言語であると思う。その言語は、生まれ育った国の母国語であるとね。思考を可能にする言語なくしては、信仰も文化も存在し得ないのでは、とさえ思うことがある。絵描きの言うことではないがね」

最後に付け加えたひと言が、気の利いた冗談でもあるかのように、パンシは明るい声を出して笑った。

「マリーは我々伝道師と違い、民間の職人だ。生涯を清国の宮廷に奉仕する義務を負わない。マリーの望み次第で、清国人であることを選ぶこともできる。あるいは、フランスに帰国して、フランス人として生きることも叶う。自分がもっとも生き易いと思う道を、選ぶことができるのだよ」

薄暗い部屋で、いきなりカーテンを開かれたように、マリーの視界が明るくなった。

「私が選んで、いいのですか」

「もちろんだ。どの道も平坦ではないであろうが、マリーには選ぶ自由がある」

マリーは無意識に握りしめた拳を胸に当てていた。その下には、母の形見のロザリオが懐にしまわれている。

――フランスに、帰るという道。

マリーはそのとき初めて、それまで何不自由のない暮らしを満喫していたはずの慶郡王府の空気が、重く閉塞したものであったことに気がついたのだ。

ふたつの再会と、新たな船出

数々の樹花草木が、季節ごとの彩(いろど)りを考えて注意深く配置されたいくつもの院子(なかにわ)と、それを囲む壮麗な宮殿群。真昼の太陽の色にも似た飴色の瑠璃瓦(るりがわら)、窓の桟や格子は深い緑、大のおとなが両手を広げても抱きかかえられない赤い列柱は、宮殿や回廊、楼閣(ろうかく)の重たい屋根瓦を支えている。青銅の龍が刻み込まれた無数の灯籠(とうろう)が、回廊や宮殿の軒先に等間隔で吊り下げられ、夜になれば王府に住む人々の足下を照らす。

どの季節も、朝も昼も夜も、慶郡王府はこの上なく美しく、居心地のいい鳥籠だと、マリーは賞賛の想いを込めて眺める。

空の提盒(おかもち)を片手に、阿紫(あじ)の廂房(わきのや)から洋式甜心局へと戻る道すがら、冷涼な早春の空気を胸いっぱいに吸い込む。ふわりと漂ってきた甘い風に振り向いたマリーは、膨(ふく)らみ始めた桃の蕾(つぼみ)に微笑みかけた。

革命で何もかもなくした故郷に、いまさら帰ったところで、会いたい友人もいなければ、頼りにできる身内もいない。だが、北京のこの王府には、自分が必要とされる職場があり、自分を必要としてくれる同僚がいる。心を打ち明けられる友人もいれば、マリーの夢を尊重してくれる主人もいる。

それなのに、ときにどうしようもなく懐郷の念が起こり、なにもかも放り出してパリへ帰りたい衝動に駆られてしまう。

帰っても何もないのに、どうしてそんな気持ちに支配されてしまうのか、マリーはずっと不思議に思っていた。もしパリに帰れたとしても、こんどは北京が懐かしく、永璘や高厨師、厨房の仲間たち、洋式甜心局で働いてくれるみんなと会いたくて、切なくて切なくて、ふたたびここに戻りたい思いに心を狂わされるのだろう。

地上のどこにいても、マリーは過ぎてきた場所に恋い焦がれて、残りの人生を生きることになるのだろうか。

パンシ神父に、どの道を選ぶにしてもそれは自分の意思であり、選択なのだと諭されてようやく、マリーは内なる自分の望みと向かい合うことができた。

それまでは、故国への郷愁とそこにある孤独、慶郡王府における未来への不安と、永璘への未練、パティシエールとしての自分の資質と技量に対する疑問、そういった不確定な要素に囚われて、王府の外へ出て行く勇気を見つけることができずにいたのだ。

マリーの最大の味方であった鈕祜祿氏がいなくなったとしても、善き理解者である和孝公主と阿紫がいる。小蓮と洋式甜心局の仲間たち、親しくしてくれる厨師たちは、マリーを性別や出自ではなく、仕事の任せられる糕點師として接してくれる。

王府の使用人の大半は、マリーの作りだす洋菓子を、とても楽しみにしてくれている。慶郡王府以上に、自分の技能が過不足なく評価され、居心地のいい場所は見つからないだろう。このままここでお抱え糕點師として働き続ければ、充足した人生が送れるはずだ。だが、安定した職場で安穏と年を重ねていった果てに、どうしても得られないものがあるのも事実だ。

王府に留まる限り、マリーはいつまでも自称パティシエールでしかない。フランスの国家資格を持つパティシエールには、永遠になれない。

さらに、西洋人であるマリーは、北京の外に住むことが許されない。キリスト教徒のマリーは、北京城内で伴侶を見つけて結婚し、家庭を持つことは許されない。

つまり、王府に留まる限り、マリーは未資格の職人として、一生独身を貫くというたったひとつの選択肢しかないのだ。

告解によって、マリーは永璘の側妾となる道を選ばなかったことを、本心では後悔していたと認めた。あの日の会話から、マリーはとても心が軽くなった。

既婚者に想いを寄せることは、たとえ既成事実がなくとも姦淫であり、重い罪だと捉える信仰の持ち主にとって、その罪が赦されたことは何よりも救いだったのだ。

そして永璘を愛してきた自分を肯定できたことで、未練を断ち切る決心がつき、マリーは心の安寧を得た。

二十八歳の誕生日、マリーは自分のためにガトーを焼いた。その日は小蓮を招待して、王府を去る決意を告げる。

「どういうこと？」

小蓮は驚きのあまり、小鳥のような目をまん丸に見開き、椅子から腰を浮かしてマリーを問い詰めた。

「誰に何かされた？　武佳の奥さまに嫌がらせをされたの？」

小蓮の短絡的な発想に、マリーは苦笑いを堪えた。

武佳氏の産んだ綿愍は、数えで六歳、西洋の数え方では五歳に成長した。まだまだ油断はできないが、どちらかというとおとなしい性格で、おとなが目を離した隙に行方をくらますこともなく、病気もあまりせず健やかに育っている。

「二側福晋さまが、私に嫌がらせをしたりするわけがないでしょう。点心に洋菓子が出されても、お手をつけたことはないとは聞くけど」

輿入れしてすぐに、マリーとは悪しき因縁が結ばれてしまった武佳氏だが、お抱えの糕點師長にあからさまな悪意を向けると、永璘の逆鱗に触れてしまうことを学んでいる。

武佳氏がマリーにできる最大の嫌がらせは、マリーが見えていないように振る舞うことぐらいだ。

「じゃあ、李の奥さまか、陶の奥さまに意地悪をされたとか？　あのふたり、武佳の奥さまに手なずけられているでしょ」

小蓮は永璘の新しい側妃らの名を上げた。李氏は鈕祜祿(ニオフル)氏の他界後まもなく庶福晋として迎えられ、その翌年に陶氏が三人目の側福晋として輿入れした。

「そういうこともないよ。おふたりとも、洋菓子を喜んで食べてくださるし」

小蓮は立ち上がったまま腕を組み、マリーを見下ろす形でさらに問い詰めた。

「鈕祜祿の奥さまがお亡くなりになったとたん、老爺(ラオイエ)が福晋を増やされているのが、気に入らないの？」

永璘に妃が増えることを快(こころよ)く思っていないのは、むしろ小蓮であったろう。

「老爺に愛想が尽きたの？」

立て続けに問い詰める小蓮に、マリーは嘆息交じりに反論する。

「そもそも、そういう関係じゃないって、何度言えばわかるの」

「ごまかさないの！　マリーが老爺のこと好きだって、みんな知ってるんだから！」

その『みんな』が誰のことを指しているのかはともかく、マリーは椅子に腰かけるよう小蓮に言った。小蓮が頬(ほお)をふくらませて腕を解き、座るのを待ってマリーは真顔を作る。

「老爺のことは、お慕(した)いしているよ」

マリーがあっさり肯定したので、小蓮は口をぽかんと開けてマリーを見つめる。

「でも、身分や生きる道が違う以上、どうしようもないでしょう？　欧州のブレスト港を出るとき、私がパティシエになるのを支援してくださる、という約束で老爺(ラオイエ)は私を雇(やと)ってくださったの。老爺のお蔭(かげ)で、王府の厨房で働くことができて、フランスのお菓子だけでなく中華の点心を学ぶこともできた。いくら感謝しても、したりない。でも、清国に留まっている以上、私は本物のパティシエにはなれないの。私が学んだのは、父が書き残したレシピにあるフランスのお菓子だけ。パティシエとしては、まだまだ知らないことが、たくさんある。そして、それはこの北京では、学ぶことができないの」

　小蓮は急に肩の力が抜けたかのように、前のめりに卓の上に手をつき、マリーへと身を乗り出した。

「ここを、辞めるの？」

　喉の奥から、無理に声を絞り出すように問う。

「小蓮と洋式甜心局のみんなは、もう上手に洋菓子を作れるようになったでしょ。マカロンが上手に焼けるのは、小蓮だけだけど」

　マリーはそこでいたずらっぽく笑った。

「小蓮は、老爺のお好きな菓子は全部覚えたのよね。ここを去る決心がついたのは、小蓮のお蔭だよ。私がいなくても、老爺はいつでもフランスのお菓子を食べることができるんだもの」

　目尻が湿っぽくなりそうで、マリーは少し目を逸（そ）らした。

「鈕祜祿（ニオフル）の奥さまがお亡くなりになってから、ずっと考えていたの。そろそろ、前に進まなくちゃ、って。老爺のお側が居心地良すぎて、王府の暮らしが楽しすぎて、ずっとこのままでもいいって思っていたんだけど、いつまでも同じ日々が続くわけじゃない。王府の外も中も、少しずつ変わっていく。ある日、突然すべてが変わってしまうかもしれない。そうなったときに、私が頼れるのはパティシエールとしての腕だけ。この腕を磨くためには、ここに留まっていてはいけないの」

虹彩（こうさい）のふちが淡い緑色を帯びた薄茶色の瞳に、静かな決心を秘めてマリーは小蓮を見つめた。小蓮はしばらく考え込み、やがて問いを返す。

「マリーがいなくなったら、私はどうしたらいいの？」

不安げな小蓮の顔に、マリーは笑みをもらしそうになったが、堪えた。

「自分で考えて欲しいけど――私としては、小蓮にこの洋式甜心局を引き継いでもらいたいかな」

「いつか、北京の胡同（フートン）で洋式の茶楼をふたりでやろう、って言っていたのは？」

本当の意味での自立――誰かのお抱えでなく、自分たちの店を持つ――という夢を、小蓮が本気で考えていたのかと、マリーは申し訳なく思った。

「ごめん。それができたらいいんだけど、その前にパティシエの資格を取りたい。できれば、二十代のうちに」

「帰ってくる？　その、資格が取れたら」

「再入国の許可がいただければ――」

清国を出てしまったら、ふたたび帰ってくることは許されないかもしれない。だが、外国人に対して厳格な規制を敷くこの社会で、マリーがこの先も清国に住み続けることが可能かどうかもわからないのだ。

小蓮は息を深く吸い込み、一気に吐いた。

「ふ、ふーん。二代目の女糕點師長も悪くないわね」

視線をさまよわせながらでは、強がりとしか聞こえないことを言う。

「それで、いつやめるの？」

「長い旅になるから、準備もあるし。引き継ぎもあるから、まあ、明日や明後日ではないわね。まだ老爺にも相談していないし」

小蓮は「なんですって」と声を上げた。

「老爺に何も申し上げてないの？　老爺よりも私に先に言うの？」

「だって、この甜心局を受け継ぐ人が決まらない限り、やめるにやめられないじゃない？　第一候補の小蓮の気持ちを訊いてからじゃないと、何も決められないでしょう」

ふたたび口を開けて、小蓮はマリーを見つめる。

「一番先に？　私に？」

語彙も見つからず、断片的な質問しかできなくなっている小蓮に、マリーはうなずき返す。

「小蓮が承諾してくれたら、いっしょに老爺のところに行こう」

「え？　え？」

小蓮は軽い恐慌状態に陥って、バタバタと卓を叩いたり、きょろきょろとあたりを見回した。

「老爺にお目通り？　これから」

「小蓮の覚悟が決まってからね。返事は急がないよ。じっくり考えて、答を出して」

これは時間がかかるかもな、とマリーは思った。マリー自身が答を出すのにかかった時間を思えば、小蓮も簡単には結論を出せないだろうとも。

太陰暦の五月初旬(しょじゅん)。

住み込みとはいえ、十年以上もひとつところに住み続けていたマリーの荷物は、けして少なくはない。

だが、陸路と海路をあわせて何ヶ月もかかる旅路と、落ち着き先もどうなるかわからない先行きを考えると、荷物の量はできるだけ減らさなくてはならなかった。

まず、すっかりすり切れてぼろぼろになった父のレシピの束。こちらは丁寧に綴り直され、油紙でしっかりと包んである。

次に、永璘に譲られた何十枚という絵画。こちらも長旅で傷(いた)まないよう厳重に包装した。

そして、鈕祜祿(ニオフル)氏に仕立ててもらった清国の衣裳と装飾品。長袍(チャンパオ)や裙(くん)は欧州で着ることはないのだが、どれもマリーを実の妹として接してくれた鈕祜祿氏の形見のようなものだ。永璘と和孝公主からもらった耳飾りや簪(かんざし)、玉(ぎょく)の腕環なども、財産価値よりも貴重な、そのときどきのやりとりと思い出が刻み込まれている。置き去りにするわけにいかない。

これらの荷は、マリーが欧州から持ってきた革のトランクにはおさまりきらず、たちまちあふれてしまう。

船客用のトランクは大きくて、荷物もたっぷり入るのだが、頑丈な木や厚手の革で作られた箱そのものであり、とても重たい。大の男が二人がかりで運搬しなくてはならない。

マリーには、大型のトランクを運んでくれる従者や召使いはいない。欧州では、大きな港やホテルには運搬を請け負ってくれるポーターがいるはずだから、それほど心配しなくてもいいとは思うのだが、広州までの宿がどうだったか、マリーは思い出せなかった。

菓子作りの道具は、欧州に帰ってから買い直せるだろう。どこかのパティスリーに雇用されれば、自分の道具は最小限ですむ。愛着のあるものを除き、小蓮や甘先生のために置いていくことにする。

マリーは壁の一面を埋め尽くす書籍を見上げた。すべては持って行けない。

漢語で書かれた書籍を選ぶマリーの手が、はたと止まった。

阿紫から借りて読み始め、いつしか自分でそろえてしまった長編白話小説『紅楼夢』だ。小杏や小蓮たちと一緒に読んでいくうちに、互いの感想や登場人物の言動についてその是非を話し合った。清国人の身近な生活ぶりと、魅力的な登場人物のやりとりの描写は、それ以前より一層、この国の人々を理解する助けとなった。

一度は取りだしてトランクに入れてみたものの、全巻を持ち出すのはかさばって大変だと思い直して棚に戻す。しかし、口語の文体で清国人の日常生活を描いたこの小説を繰り返し読むことで、漢語話者のいない欧州で清国の言葉を忘れずにいられるだろう。

何より面白い。船旅の退屈を紛らわしてくれるはずだ。

マリーは『紅楼夢』に加えて、阿紫が薦めてくれた他の古典や小説も、ふたつめのトランクに入るだけ詰め込んだ。

「重い……自分で運べない」

荷物をぎっしりと詰め込んだ船旅用のトランクを、マリーは持ち上げるどころか動かすこともできなかった。

「小さなトランクに、小分けにした方がいいのかしら」

荷造りの試行錯誤を繰り返していくうちに、洋式甜心局の再編成が整ってきた。

そろそろ、辞職の手続きに取りかかる。

帰国を願い出るための面会に臨んで、マリーはかつて乾隆帝に謁見したとき以上に緊張した。正房の居間に通されたマリーは、両手を片方の腿に重ねて腰を落とし、定型の拝礼する。

「立ちなさい。久しぶりだな。洋式甜心局は順調に運営されているようでなにより」

永璘は満面に笑みを浮かべて、マリーを迎えた。体を起こそうとするマリーを支えようとするかのように、マリーの肩へと両手を伸ばす。すっと遅滞なく立ち上がるマリーに、永璘の手が触れることはなかった。だが、その仕草だけで、永璘がマリーを家族のように庇護すべき対象であると考えていることが察せられる。

旧慶貝勒府にいた当時は、特に示し合わせなくても、甜心茶房に改築された西園の杏花庵を永璘が訪れ、絵の話題やお菓子の話、また欧州外遊と澳門から北京までをともに旅したときの思い出話に、午後を費やすことが月に一、二度はあった。

新王府に移ってからは、用件がなければマリーが正房に呼び出されることもなく、マリーから面会を申し込むこともなくなっていた。永璘が洋式甜心局を訪れたのは、一階部分の改築が終わり、落成のお披露目が催されたときのみであった。

マリーの出世を快く思わない使用人たちの中には、二十代も半ばを過ぎたマリーに、永璘が興味をなくすのも当たり前と、口さがないことを噂する者もいた。

二十歳を過ぎたころから、永璘も鈕祜祿氏も、側室に上がることをマリーに勧めなくなっていたのは本当だ。ただその当時は、マリーが洋式甜心局を任せられるようになって、王府内における立場の重要性が増していた。永璘の子を産むよりも、マリーにしかできない仕事を尊重してくれたのだと信じている。

その証拠に、用件があってマリーと会うときの永璘は、いつも嬉しそうにして、マリーの日常が健やかであるかと訊ねてくれるのだ。

「そこにかけなさい。黄丹、茶を淹れてくれ」

いそいそと卓につき、マリーにかたわらの椅子を勧める。マリーは一度だけ辞退し、二度目の勧めで椅子に腰を下ろした。

「久しぶりだな。元気そうでなによりだ。棗餻がある。食べるか」

卓に置いてあった中華点心の皿を引き寄せ、マリーに箸を渡す。

餅米粉と、煮詰めて糊状にした紅棗を交互に四層に重ねて、蒸籠で蒸した棗の餻は、餅米粉の部分が厚く、高さが六センチメートルにもなる。初めて見たときは、パイ皮ではなく餅米で作ったミルフィーユみたいだと思ったことを、マリーは思い出す。しかし、冷やしてから薄く包丁で切り分け、砂糖をふりかけて皿に盛られたそれは、棗の紅と餅米粉の白が鮮やかに層をなし、食べるのがもったいない。

マリーは礼を言ってから箸を受け取り、素朴な中華の茶請けの菓子を口に運んだ。

棗の甘酸っぱさと砂糖の甘さ、よく冷やされた餻のむにゅっとした食感が口の中で混ざり合い、清涼さが初夏の暑さを忘れさせる。

「おいしいです」

「うむ」

二切れ目に箸を伸ばすマリーを、永璘は満足げに眺める。それから急に何やら思い出したらしく、ぽんと手を叩く。

「ちょうどよかった。こちらから呼びにやらせるところだった。来旬の宴に出す献立についてだが」

「はい。老爺のお誕生祝いですよね。全力で尽くさせていただきます」

マリーが永璘のために誕生日の菓子を作るのはこれで十三度目で、そして最後になる。

乾隆帝の命で工芸菓子作りのために円明園の後宮に詰めていたときも、永璘だけが避暑山荘に行幸する父や兄に随行して、離ればなれになったときも、日持ちする菓子を作って届けさせた。暑さが増して行く季節だけに、あまり手の込んだものは作れなかったが、帰宅したときには必ずマリーを呼び出して、礼を言ってくれるのが嬉しかった。

「味や見た目に、ちょっとした仕掛けがあると面白いが、マリーが作りたいと思う甜心を作るといい」

「工芸菓子がお望みでしたら、絵を描いていただければ作りますよ」

「十日を切っているのだ。そこまで時間はないだろう」

なかなか会えないというのに、会えば昨日の続きのように自然な会話ができる。

「徹夜でできるものにしていただければ」

ひとしきりの雑談のあと、マリーは姿勢を改めた。

「ところで、老爺。聞き届けていただきたいお願いがあるのですが」

緊張した面（おもも）持ちのマリーに、永璘は一瞬真顔になったが、すぐにおどけた調子に戻る。

「どうした。なんでも聞き届けよう。私の力の及ぶ範囲内でならばな」

マリーは静かに深呼吸をした。

「帰国の許可をいただきたく」

「帰国？」

永璘はきょとんとして問い返した。

「フランスに」

マリーの短い返答に、永璘は身を固くして絶句した。

そこまで驚かれると思っていなかったマリーは、単刀直入過ぎたかと焦(あせ)る。

「マリーの帰るところは、この王府ではないのか」

永璘が次に返してきた言葉が、マリーの胸に迫る。マリーは指をまぶたに押し当ててうなずいた。

「そうですね。この王府が、私の家です。でも、清国は私の祖国ではないのです」

永璘はわずかに開いた唇から、無意識に息を吐く。マリーが黙っているあいだ、静かな時間が流れた。永璘は棗餻(ツァオガオ)をもう一きれつまみ上げて口に入れた。時間をかけて咀嚼(そしゃく)し、呑み込む。茶碗を持ち上げ、蓋をずらして白茶を二口呑み、茶碗を置いた。

茶碗の蓋を直した手を、そのまま蓋の上に乗せてぼんやりと眺めている。

永璘の頭の中がどのような思考や感情で満たされているのか、マリーは自分に都合のよい想像だけはすまいと自分に言い聞かせる。

永璘は茶碗を眺めるのをやめ、みじろぎして咳払いをする。

「王府に仕える者は、その身分にかかわらず里帰りは許される。出発はいつだ」

「夏の終わりに。南方の冬は旅に向かないというので、秋のうちに広州(こうしゅう)に着いて、船を待つといいそうです」

曲げた指を顎(あご)に当てて、永璘は考え込む。もう片方の手は卓の上に置かれ、無意識にとんとんと指で卓面を叩いている。マリーは永璘の思考を妨(さまた)げることなくじっと待つ。

やがて顔を上げた永璘の表情は事務的で、声音にも感情が汲(く)み取れなかった。

「それまでに、旅行手形を用意させる。女の一人旅は危険だ。護衛もつけよう。それから、広州の知事に滞在中の便宜を図るよう、手紙を書いておく。あと――旅に必要な金品は、執事に用意させよう」

「ありがとうございます」

「他に必要なことは――」

卓を指で叩き続けながら、永璘はぶつぶつとつぶやく。

「南京では随園に宿を求めるといい。袁枚は皇上がご即位された翌年に逝去したと聞くが、息子が家を継いでいる。袁真来といったな。手紙と手土産も用意せねば。途中でも、城市の公館に宿泊できるよう、手配して――馬車も――」

「あの？」

マリーは、上の空でしゃべり続ける永璘を遮ろうとしたが届かなかった。

「皇上のお許しが出れば、私が広州まで送っていくこともできるが」

「老爺！」

はっと顔を上げた永璘が、怒りとも哀しみともつかぬ眼差しで、正面からマリーを見つめた。

「お前まで、私を置いていくのか。二度と会うことはないのかもしれないのだぞ」

思わず本音を吐いた永璘は、とても苦しそうだ。

「立ち寄った港から、町から、宿から、手紙を出します。絵も描いて送ります」

「マリー」

「どうしても、正規のパティシエになりたいんです。再び会える運命なら、きっとそうなります。リンロン」

「そうか」

　失望の響きとともに、永璘は息を吐く。紅茶用の砂時計の砂が落ちきるくらいの時間を、互いに見つめ合う。

「マリーは己の心のままに生きるのがよい」

「ありがとうございます」

　マリーは椅子から立ち上がり、一歩下がると腰を深く落として拝礼をした。

　これまで、永璘の誕生祝賀会は内輪ですませることが多かった。これは末皇子が乾隆太上皇帝から冷遇されていたからではない。永璘の誕生月が、皇帝が朝廷ごと塞外の熱河避暑山荘へ移動する時期と重なるためであった。塞外への行幸はそれだけで大規模な行事であり、大勢の臣下が従い、多くの人員を必要とする。さらに、避暑山荘にある永璘の王府は、大勢の客を収容できる規模ではないことと、都の留守居を任された場合も、宮廷の半分以上が塞外へ移っていることから、出席できる客の数が限られてしまうためであった。

　太上皇が崩御してからは、兄皇帝との仲が良好で、爵位の上がった永璘と近づきになりたい廷臣は増えた。加えて新しく郡王府となった旧和珅邸ではより多くの客をもてなすことが可能であったが、鈕祜祿氏が薨去して以来大きな祝宴は催されたことはない。マリーが覚えている限り、王府内で催される祝い事や宴会では、曲芸や芝居、際限なく出される ご馳走や果物、菓子類は、ほとんど使用人によって消費されたと言っても、過言ではない。

「老爺って、そういう意味では慎ましいお人柄なんだよね」

祝賀会前日の早朝から、際限なく卵白を泡立てていた小蓮は、ふと手を休めてマリーに話しかけた。

父皇帝という頭上の重石が取り去られたのちも、永璘は兄皇帝の恩寵を笠に着て、横暴な振る舞いをするということはなかった。せいぜい養母との面会のため紫禁城の後宮へ立ち入ったときに、皇帝の許可を取るのをうっかり忘れてしまい、譴責を喰らったくらいだ。

マリーは小蓮のつぶやきに微笑みを返した。

「ご本人の性向は享楽的なのに、浪費家というほどでもなくて、華やかなのがお好きでおられるけども、派手なことはされない。うっかりしがちなご自分の性向を自覚しておいでだから、できるだけ注意深く努めようとされている。なんだかんだとご自分に求められている宗室の『分』を守っておられるのよね」

マリーは小蓮に応えつつ、非礼にも主人の人物評を漏らした。

和孝公主によれば、生活が保障され、庶人よりも贅沢な暮らしを営む皇族ではあるが、生を全うするのは簡単ではないという。父帝以前の世代とは異なり、永璘の世代では皇帝の逆鱗に触れて幽閉されたり、死を賜った皇子はいない。だが、皇后にまで上りつめた母親が廃后となり、そのとばっちりを受けて生前の功績をすべて無視され、爵位を授からぬまま、若くして世を去った皇十二子永琪がいる。

死後二十三年が経ち、嘉慶帝の代になってようやく、永琪皇子は多羅貝勒の追封を受けることができた。

小蓮の雑談に応じつつマリーが手に取ったのは、祝賀会に出す洋菓子の品書きだ。

北京の気温は、日中はすでに真夏といってよい暑さになる。傷みやすい牛乳やクリームは、届けられるなり涼しいうちに製菓に用いて冷暗室に保管しなくてはならず、マリーたちは日の出前から準備に忙しい。

マリーには硝石を使って真夏でも氷や氷菓を作り出せる秘技があったが、火薬の原料としても貴重な硝石を、そうそう大量に使えるものでもない。夏に誕生日を迎えるあるじのために、大切にとっておくべき秘密兵器だ。

幸い、慶郡王府には、冬の間に蓄えられた氷を一年を通して保管できる氷庫がある。大量に作ったババロアやブラン・マンジェ、ゼリーといった氷菓を、とりあえず保存しておくには充分な氷の量を洋式点心局にも割り当てられた。さらに当日は硝石を使ってフルーツたっぷりのソルベやジェラート、濃厚なアイスクリームといった氷菓を作って、並べる予定だ。

豪華絢爛なお菓子は他にあるとしても、夏の盛りに多様な種類の冷菓をふんだんに用意できるということが、どれだけ慶郡王府の格を上げることか。招待客の驚きと、永璘の喜び感動する顔を想像するだけでも楽しい。

それから、永璘の好物であるマカロンとパン・デピス。

ライ麦の代わりに配合する粉は、歯ごたえにもったりとした弾力をもたらす大麦が、永璘のお好みだ。砕かれた胡桃(くるみ)とアーモンドなどの乾果が顔をのぞかせたパン・デピスのスライスの周囲を、固く泡立てたホイップクリームで囲み、柑橘(かんきつ)の濃い黄色のジャムや、早生の赤い桜桃で彩りを添える。素朴な草原のパンに似た滋養のあるフランスのスパイスと蜂蜜たっぷりの菓子パンを、いかに豪勢に演出できるかも、腕の見せ所だ。

実は元宵節が落ち着いたころから、マリーは永璘の誕生祝賀会に出す菓子の盛り付け図を描き上げていたので、小蓮や配下の糕點師(ガオディアンシー)とのレシピとイメージの共有ができていた。試作の段階から明日の本番まで、まったく滞りなく作業が進んでいる。

そこへ、執事の使いが最終確認を終えた招待客の席次表を配達に来た。

「成(せい)親王殿下と儀(ぎ)親王殿下も出席なさるのね。まあ、智(ち)親王殿下も皇上の名代でお越しになるって」

皇八子の永璇(えいせん)もまた、父帝が崩御してから儀親王に昇爵した。

そろそろ還暦に手が届くという年齢の永璇にとって、ようやく親王の爵位を得たことは、これ以上の喜びはあるまい。そして、嘉慶帝の次男で事実上の皇太子と目されている智親王の綿寧(めんねい)が、熱河への出立を遅らせて、叔父の誕生日を祝いに訪れるという。

「これは腕に縒(よ)りをかけて、甜心(てんしん)をお作りしなくてはね」

マリーは特に、単純だが見栄(みば)えのするマカロンとプフランのタワーに力を入れた。

生地に着色のできるマカロンでは、ヌガーを支柱とした五重塔を作る。一方、切り口にバターを塗り、粉砂糖をかけたシュー皮のププランを積み重ねて、塔を囲む山河を形作る。そこへ、砕いた氷の上に蓮の花と葉を象（かたど）った糖菓を浮かべ、王（おう）厨師に習った宮廷甜心の鳥獣を放ち、飴細工の粋を極めた甘（かん）先生の樹林に花が咲き乱れる。金色に溶けた飴をフォークですくい、前後に揺らして、幾筋もの綿のように細い糸飴（シュクレ・フィレ）をププランの上に注いでふわりと折り重ね、低山にかかる金の雲をたなびかせる。

招待客を目で楽しませたあとは、糕點師やその助手が、塔や山河が崩れないよう、一人分ずつ目の前で取り分けて、カスタードやアイスクリーム、ソルベなどを添えて給仕することになっている。

宴の当日は、鈕祜祿（ニオフル）氏の御殿であった後院の東廂房（わきのや）に、洋式甜心を用意するように命じられた。マリーたちが東廂房に足を踏み入れると、ひんやりとした空気が頬を撫でた。

「うわあ、素敵」

小蓮の感動を抑えきれない甲高い声が、表にまで聞こえた。マリーたちよりも先に、永璘が発注してくれていた白鳥や龍、鹿などの氷像が運び込まれていたからだ。

氷菓の甜心を冷たく保つために、通常の料理が出されている建物とは別に部屋を用意し、氷像を配置することで、部屋の温度をできるだけ低く保つ趣向だ。

鈕祜祿氏の位牌に礼拝を終えたマリーは、部屋のあちこちに水盤を並べた。満漢席の中休みを見計らって、氷を敷き詰めた漆塗りの容器に、色とりどりのフルーツゼリーやソルべ、ブラン・マンジェを並べてゆく。

ププランの丘から流れ出る氷河に、王厨師から伝授された宮廷甜心、工芸菓子の一種である椰蓉城天鵞（イエロンバイティエンオ）を並べる。刻んだココナッツに砂糖と卵、小麦粉を混ぜ込んだ餡を、澄麵（トンミエン）皮（ピ）で包み込んで白鳥の形に仕上げ、蒸し上げた清朝宮廷の伝統菓子。首をもたげ翼を広げた白鳥の、光沢のある白く透き通った翼は、いまにも空へと羽ばたきそうだ。

フランス料理では最後にデザートとして出される甘味は、北京料理ではメインの合間に舌休めとでもいうタイミングで出される。本来は杏仁豆腐などの、舌滑りが良く胃の負担にならない量と食感のものが出されるのだが、今回は趣向を凝らしすぎたかもしれない。

だが、かまうものか。マリーの最後の奉仕なのだ。ご主人さま方の記憶に、西洋の製菓の芸術を、その眼にしっかり焼き付けてもらうのだ。

ぞろぞろと入ってきた永璘とその福晋たち、目を輝かせる阿紫（あじ）。兄皇子らとその妻子。豫（よ）親王裕豊（ゆうほう）とそのただひとりの妻である嫡福晋の富察（フチャ）氏。阿紫と一緒になって、とりどりの氷菓と工芸菓子に歓声を上げる若い富察氏は、マリーを目敏く見つけて滑るような優雅さで近づいてきた。

「ああ、ほんとうに！　当王府にも趙小姐（ちょうシャオジエ）のような糕點師（ガオディアンシー）がいたらいいのに！」

始めて口にするソルベの食感に驚き、パリッとしながらも柔らかいププランに載せたアイスクリームの濃厚さに歓喜する。いそいそと夫の豫親王のもとへと運んで、手づから夫に食べさせて満面の笑みを浮かべるさまは、三人の男子の母親とは思えないほど無邪気だ。

豫親王が清国の慣習に倣(なら)わず、たったひとりの妻しか持たない理由が、マリーにはなんとなくわかる気がする。マリーに執着する理由は、腕の良い糕點師を側室に迎えれば、円満な一夫多妻を営めると思ったからだろうか。

　豫親王の本音を知りたいわけではないマリーは、ちらちらとこちらへ揺れる裕豊の視線に気づかないふりをした。そのまま、神の定めたただひとりの女性への愛を貫いて欲しい。

　穏やかな微笑を湛える永璘の筆頭側福晋の劉佳(リュウギャ)氏、マリーが賞賛されることに不機嫌そうな武佳(ブギャ)氏と、淑女たるべき一人娘がはしゃぎ回っているようすに、無表情な庶福晋の張(チョウ)佳(ギャ)氏、あとに続く新参の福晋たちは、好奇の瞳で洋式甜心と宮廷甜心の鏤(ちりば)められた室内を見回している。

　永璘は終始にこにことして、慶郡王府に確立された洋式糕點局の成功ぶりにご満悦のようすだ。

　宴が果てて、マリーが鈕祜祿(ニオフル)氏を懐かしみながら東廂房を元通りに片付けているところへ、永璘がきた。マリーは膝を折って拝礼する。

「立ちなさい」

　永璘は、次にかける言葉に迷ったようすで、しばらくマリーと見つめ合う。

「今日は、ご苦労だった」

「老爺(ラオイエ)にお楽しみいただくことが、私の最上の喜びですから」

　マリーは本心からそう言った。永璘はしかし、眉をしかめて奥歯を食いしばる。

「そう思うのならば、留まる気はないのか。帰国を思い直すことは」

「留まりたいという気持ちは、もちろんあります。このまま慶郡王府のお抱え糕點師として、生涯を終えたいという気持ちも」

　マリーは言葉を切って、永璘の沈んだ瞳を見上げる。

「でも、将来のことを思うと、キリスト教徒の私は、皇上のお気持ちひとつでいつこの国を逐（お）われるかわかりません。もしも自分ひとりの力で異郷の地で生きなければならなくなったとき、フランス国家資格としてのパティシエールの資格はどうしても必要なのです」

　マリーの固い決意を湛えた榛（はしばみ）色の瞳をじっと見つめた永璘は、手を上げてマリーの肩に触れようとしたが、長く嘆息して手を下ろした。

「では、行ってくるといい。マリーのための点心局と私室は、いつでも我が王府にあることは忘れるな」

　マリーの頰に、ふわりと笑みが広がる。

「ありがとうございます。リンロン」

　永璘はふたたび嘆息した。

「いなくなってしまうのなら、もっと手元に置いて、日々その顔を見ておくべきだったな」

　後悔の苦味が滲んだ声音に、永璘が本心からそう思っていることが察せられる。眼の奥が熱を持ち、胸の奥からせり上がる熱い湿りが喉元までせり上がる。マリーは思わず口元を押さえて、嗚咽を堪えなくてはならなくなった。

十三年前に入ってきた北京内城の宣城門(せんじょうもん)から、和孝(わこう)公主と阿紫(あじ)に見送られて、マリーを乗せた馬車は出て行く。

彼女たちに手を振るため、馬車の窓を開けたマリーは、すぐ横で乗馬を進める永璘の姿に、本気で広州まで送っていくつもりなのかと心配になった。

永璘は乗馬姿が一番凛々(りり)しくて、格好良いとマリーは思う。この日は官服ではなく、海の群青(ぐんじょう)に空の紺碧(こんぺき)が波のように織り出された、美麗な絹の馬褂(ばかい)の裾(すそ)を翻(ひるがえ)している。日除(ひよ)けの帽子の下から、腰よりも長い辮子(ベンツ)の先には紅玉と赤い房飾りが下がり、馬の動きにつれて左右に揺れる。

その姿を、このように近くから見ていられるのならば、できるだけ長くそうしていたい。

北京外城の門を出たところで、マリーは馬車を下りた。

見送ってくれた永璘に礼をするためだ。永璘も馬を下りて、最後によく見ておこうとするように、一歩前まで近づいてマリーの顔を見つめた。

交わす言葉はない。口にしたら熱い涙があふれて、出発の決心が雪のように融(と)けてしまうことは確実だった。

現在の王府における待遇(たいぐう)に、何が不満なのかと非難する使用人もいた。例によって豫(よ)親王まで夫婦で王府に駆けつけて、さらに高給で迎え入れると申し出た。

「パティシエとしての訓練を最後まで終わらせたいのです」

マリーは一貫してそう主張した。

王府を出発するときは、高厨師は男泣きにマリーを見送り、孫燕児と李兄弟は食べきれないほどの点心を作って馬車に積み込む。天敵の王厨師までが、広亮大門まで見送りに出た。マリーは深々と頭を下げ、宮廷甜心の工芸菓子を教えてくれたことに謝意を表した。

洋式甜心局の面々は、だれもがマリーの辞職を惜しんでくれた。マリーが徒弟から育てた職人たちは、涙ぐみさえした。小蓮は糕點師長の地位は引き継いだが、洋式甜心局長の座は甘先生に譲った。一部署の長ともなれば、甜心局の内側だけではなく、他の部署との長とのやりとりもある。

マリーに薫陶を受けたとはいえ、清国人としての常識が心身に刻まれた小蓮には、管理職まで兼ねて、男たちと対等にやりあえる覚悟はなかったようだ。

ただ、後輩の糕點師である甘冬建とは、よい雰囲気になっているという。マリーが辞意を表明してから、甜心局の編成について話し合っているうちに、ふたりは急速に親密になったらしい。だが、もしかしたらもっと前から互いに思うところはあったのかもしれない。

小蓮のあとに、糕點師になりたいという女性が続かなかったのもあり、男ばかりの職人に囲まれ紅一点になってしまう小蓮を、洋式甜心局長とその息子が守ってくれることは、むしろ安心であった。

家族経営のパティスリーというマリーの夢を、小蓮が叶えてくれそうだ。

マリーは、いつまでも顔を見るばかりで別れの言葉を言わない永璘に、にっこりと微笑みかけた。

「老爺(ラオイエ)、どうぞ息災でいらしてください」

「マリーもな」

引き剝(は)がすようにしてマリーから護衛の何雨林(かうりん)に視線を移す。

「マリーを頼むぞ」

護衛の半分は、パリから北京への旅をともにした随身(ずいじん)たちだ。無口だが頼りになる何雨林が広州まで送ってくれると思うと、とても心強い。

何雨林は恭(うやうや)しく敬礼して、主人の命に応えた。

永璘はマリーのあとから馬車を下りてきた陳大河(ちんたいが)にも、声をかけた。

「袁枚(えんばい)の子息によろしく伝えてくれ」

「かしこまりました」

一行の数は多い方が安全であろうと、永璘は南京(ナンキン)出身で随園老人の弟子でもあった陳大河に、半年の帰省を許可したのだ。

江南(こうなん)の地理と風物に詳しい陳大河が同行することになり、マリーの華南の旅は退屈しそうにない。美男子の陳大河と旅をすると知った王府の女たちからは、大変な嫉視(しっし)を浴びたが、北京を後にしてしまえばどうということはない。

マリーはふたたび馬車に乗りこんだ。窓から身を乗り出して北京へと振り返る。永璘がいつまでも馬首を返さずに、マリー一行を見送っている。マリーもまた北を向いて、無骨な城壁を背に佇む騎影に手を振り続けた。

永璘の姿が米粒より小さくなり、外城の城壁が指でつまめるほど低くなってようやく、マリーは窓から首を引っ込めて、馬車の座席に腰を下ろした。

「すみません。立場もわきまえず、王府の馬車に乗せてもらって」

陳大河は開口一番にマリーに謝罪した。マリーは苦笑を返す。

「立場的には、私も王府の馬車を使わせてもらえるほどの身分じゃないですよ。でも、女の足では皆さんに迷惑がかかりますし、護衛のみなさんは馬に乗っているのに、陳さんだけに歩いてもらうわけにもいきません」

マリーが請けあっても、陳大河はそわそわとして続けた。

「おれでしたら、後ろの荷馬車の隙間で充分ですけども」

陳大河が気にしているのは、他人で未婚の男女がひとつの馬車に同乗していることが、マリーの評判に傷をつけるのではないか、ということなのだろう。

荷馬車はマリーの私物だけではなく、永璘と王府の仲間からの餞別でいっぱいであった。人一人が入り込める隙間などない。

「老爺がお許しになったのです。それ以上お気になさらず」

陸路と運河を使い、半月近くかかった南京への旅は天候に恵まれ、随園に到着する。袁枚の自慢とする随園は、南京でも一、二を争う美しく宏大な庭園だった。北京の円明園や避暑山荘の江南風庭園、王府の花園を見慣れているマリーの目にも、袁枚の高雅な趣味が反映された随園は、鑑賞の価値があった。秋も半ばで紅葉が始まっているのもいい。

華南の都市や庭園は湖沼や水路が多い。北京の夏もかなり暑いのだが、水の流れを取り入れなくてはならないほど、南方の夏はもっと暑いのかもしれない。

袁枚の墓参を終え、南京の滞在は三日で切り上げ、南へと発つ。陳大河とはここでお別れだ。

広州に着いたのはすでに秋も終わりであったが、陽射しは強く、晩秋とは思えないほどの陽気であった。北京から持ってきた外套はまったく必要がなさそうだ。

城門に官服の一行が並んでいたので、何かの行事があるのかと馬車を止めさせたマリーは、夏の官帽の下によく知った顔を見つけて思わず声を上げた。

「鄭さん！」

マリーより先に気づいていたらしい何雨林が、すでにそちらへ馬を進めていた。馬を下りて、鄭凜華と言葉を交わしている。

鄭凜華は永璘の公私の秘書を十年も務めた清国の官僚だ。永璘の欧州外遊にも随行して、マリーとも懇意にしてくれた。任期が過ぎて地方へ異動になってからは、年に一度か二度、近況をやりとりしてきた。

マリーは馬車を下りて、鄭凜華へと駆け寄った。

「趙小姐。お元気でしたか」

「お久しぶりで。そういえば、鄭さんが江南の配属になったのは教えてもらったのに、土地勘がないから、この町だってわかりませんでした」

「江南も広いですからね。聞き慣れない州や県の名前は覚えられないでしょう。慶郡王殿下と王府のみなさんは息災にしておられますか」

　十年は会っていないはずだが、鄭凛華は笑うと目尻にちょっと皺が寄るくらいで、それほど年を重ねたようには見えない。永璘の方が相応に年を取っていたように思い出す。

　マリーは思わず自分の目尻と頬に触れた。自分の顔などあまりじっくり見ないものの、年齢が相応に肌に刻まれているのか、急に気になってしまった。

「私の官邸に、再会の宴席の用意ができていますよ。江南の珍味をそろえました」

「楽しみです」

「あとで迎えを寄越します。まずはゆっくり休んでください」

　鄭凛華の用意した宿に落ち着き、旅の埃（ほこり）を落とす。

　何から何まで、この宏大な国土を女の身で縦断するマリーが不便を感じないよう、そして危険な目に遭わないように、永璘が手配してくれている。自分が大切にされていると、遠く離れて改めて実感し、幸福な気持ちになった。

　マリーは長袍（チャンパオ）の襟（えり）を広げて、首に下げた守り袋を懐から引っぱり出した。黄色い絹の小さな袋には、マリーの宝物である銀のメダリヨンと、ルビーの指輪、そして翡翠（ひすい）の板指（パンジー）が入っている。板指を左の親指にはめて頬に押し当て、翡翠の冷たさを肌で感じた。それから唇で軽く触れ、守り袋に戻す。

鄭凛華の用意した宴席料理は、北京と同じ国とは思えないほど、食材から味付けまで異なっていた。双方の近況を話し合い、旅のあれこれで会話は弾み、卓上の料理についても話題は尽きない。

熱帯寄りの温暖な気候と、山野にも恵まれた海湾都市広州では、陸海から得られる食材が豊富で、四季を通じて新鮮な野菜も得られることから、素材の味付けを活かしたさっぱりした料理も多い。北京では干果でしか食べられなかった南方の珍しい果物が山積みで、その甘く新鮮な、みずみずしい果肉を味わうことができた。

海老や蟹の料理は、十三年前にはおっかなびっくり口に運んでいたマリーだが、いまでは嫌いではない食材のひとつだ。味やにおいに慣れて来た頃には、フランスでも海岸沿いに行けば、案外と食べられているのかもしれないと、当時は思ったものだ。

港の近くでは、魚介類はその日に獲れたものがその日に料理されて供される。魚介類については船旅のあいだにも食べることになるのだろうが、欧州の船に中華の厨師は乗船していない。マリーは美食嗜好ではないが、欧州へ発ってしまえば、広東の料理は二度と食べられないのだろうと思うと、はしたなくも飽食してしまう勢いだ。

「こんなに食べ物がおいしいところでお仕事をしていたら、もう北京に帰りたくなくなるんじゃないですか。ここには黄砂も飛んでこないそうですから、掃除も楽そうです」

マリーが屈託なく訊ねると、鄭凛華はかつてと変わらぬ穏やかな微笑で応える。

「夏は暑いだけでなく湿度が高く、雨も多い。北部に生まれ育った私は、ここの気候には慣れる気がしません。麵は小麦、羊料理はやはり華北でないと」

鄭凛華の出身地、陝西省は黄河が北から南へ流れ、黄土高原が広がっている。標高も高く、冷帯に属す内陸性の砂漠気候は苛酷で、乾燥した大地の灼熱の夏も、冬の厳しい寒さも、実際にその土地で生活した者でなければ想像もできないことだろう。

「故郷って、そんなものですよね。正直、フランスってそんなに料理はおいしくないんですけど」

マリーは少し恥ずかしそうに告白した。鄭凛華と何雨林らの、欧州外遊に随行した面々は少し驚いた顔になる。

「そんなことはなかったように思いますが。我々外国人の口に合うかどうかはともかく、調味料や料理法の異なる、さまざまな料理が出されていました。料理名など細かいことは忘れてしまいましたが」

鄭凛華は特に印象に残った料理について、思い出そうとして考え込む。

「いえ、私が言うのは上流の人々に供される料理ではなくて、庶民の食事です。朝も昼も夜も、タマネギとキャベツのスープにパンとか、ちょっと豪華なときは腸詰がつきますけど、いつも同じものを食べてました」

鄭凛華たちは、不思議そうに顔を見合わせる。ふだんは無口で聞き役に徹している何雨林が口を開く。

「上流の家庭では良いものを食べて、貧しい階層の人々がごちそうを食べられないのは、どこの国でも同じかと思いますが」

「それはそうなんですけど。うちは食べるのに困るような貧乏でもなかったのに、食卓にお肉が出ることは珍しくて。パンがつくとごちそう、みたいな家も近所にはありました。清国に来たときは使用人の賄いも毎日違うものが出て、味もおいしくて、こちらの庶民はいろんなものを食べてるなぁと思って、びっくりしました」

「清国でも、地方に行けば質素で素朴な食事が日常ですよ」

と地方出身の鄭凛華が言えば、そうなのかなとマリーはうなずいた。

とはいえ、鄭の故郷も、かつては中原を支配した王朝の首都であった長安から、そう遠くはない。長安は西域のスパイスや文化が流れ込み、シルクロードの起点として東西の富と文化が花開いた都であった。そして二十代で難関の科挙に合格できるほどの教育を、息子に受けさせることのできる家庭で育った鄭凛華のいう『地方の質素な食事』というのも、どれほど質素であったのかは怪しいところではある。

マリーはパリや北京といった都会にしか住んだことがなく、農村で食べられている食事については無知であった。農家では新鮮な野菜を自分の土地で育てて食べるのだろうとか、狩猟で得た野生の鳥獣を料理するジビエが庶民でも食べられるかもしれない、などと想像するくらいだ。

都会では、新鮮かつ旬の食べ物はとても高価なため、手に入る食材が固定されてくるのは仕方がなく、そういうものだとあきらめていた。たまたまマリーの生まれ合わせた時代に、アイスランドの火山噴火の影響で冷害や飢饉が続いていたことは、それ以前と以後の気候を知らなかったマリーの念頭にはない。

小麦価格の高騰が慢性化し、餓死者まで出していたフランスの実情とその冷害の原因を、新聞の政治や経済の欄を読むことのなかったマリーは知らなかったのだ。

かつて、澳門から北京までの旅で、永璘とともに華南から華北の料理を一通り食べた思い出や、漢族の庶民が暮らす北京外城の酒楼や屋台を、袁枚と食べ歩いた記憶から、清国ではどの地方でも多彩かつ地味の豊かな料理が食べられるのだと思い込み、今回の旅でもそのことを再確認したつもりになっていた。

もっと菓子や料理の本を書いてみては、とトーマスに勧められたことを、たびたび思い出してはその気になっていたが、そうするには自分は無知に過ぎるのではと考え直す。

宿に引き取り、旅の間に描き溜めた風景や料理を見直す。自分のために取っておく絵と、北京に戻る何雨林にことづけて永璘に送るものと仕分けする。

旅の途上で見たり食べたりしたものについて、もっとちゃんと注意して書き留め、質問して調べて記録に残し、記憶に焼き付けておけばよかったと後悔する。

マリーは永璘に宛てて、長い旅の報告と感想、そして十三年にわたってマリーに与えられた恩恵に、改めて謝意を込めた手紙をしたためた。

北京へと戻る何雨林の一行を見送った後、マリーは広州城の西側に位置する、夷館区域と呼ばれる外国人居留域に使いを出した。北京を発つ前にトーマス宛に手紙は出してあったが、途中ではいつ到着するかといった予定は知らせていなかった。すぐに迎えの馬車を寄越すとの返事が来た。

長袍姿で外国人の居住区に行くことは抵抗があったのだが、洋装は持っていなかったので選択の余地はない。ただ、髪は西洋風に結い上げた。

英国人がカントン・ファクトリーと呼ぶ夷館区域は、文字通り二階建ての洋館が建ち並び、そこだけ欧州を切り取って植え替えた印象だ。イギリスやフランス、ポルトガルにオランダ、アメリカ合衆国などの国旗が風に靡き、どの建物がどの国に属するのかが、ひと目でわかる。十三年前にも同じ風景を見たはずなのに、初めて目にするような気がするのは、当時は洋館という建築様式をごく当たり前に思っていた上に、欧州以外の世界に対する知識を、ほとんど持たなかったせいだろう。

馬車はイギリス東インド会社の洋館前に停まり、マリーを下ろした。トーマスは玄関までマリーを迎えに出てくれていた。

「お久しぶりです、スタウントン準男爵」

マリーは片足を少し下げてつま先を立て、軽く膝を折る西洋婦人の挨拶をした。ストンとしたシルエットの長袍では、片手でつまみ上げるドレスの膨らみもなかったので、そこは省略する。

「お久しぶりです。マドモアゼル・趙」

二十二歳の青年に成長し、父親の爵位を継承していたトーマスは、優雅にマリーの手を取って腰をかがめ、手の甲に接吻した。

それから二人で噴き出してしまう。改まった挨拶を互いに滑稽だと思ってしまったのだ。

「船の手配はあらかた終わっています。航海の季節に間にあって良かったです。十年前に帰国したときも、ぎりぎりだったんですがね」

少年のころは肩に届く金髪だったトーマスの髪は、いまは淡く艶のある栗色になり、襟のあたりで切りそろえている。まだ若いのにトーマスの額がやや広くなっているのを見上げたマリーは、アイルランド人に対する非礼なジョークについて思い出したが、表情は変えなかった。

トーマスは応接室にマリーを案内し、紅茶とコーヒーのどちらがよいか訊ねる。

「コーヒーを！」

相手が戦場でも紅茶を嗜むイギリス人であることを忘れて、マリーは即座に答える。まさに十四年ぶりのコーヒーだ。何度夢に見たことか。

「マリーは変わってない。覚えている通りだ」

マリーの前のめりな勢いに、トーマスは笑いを堪え、気安い口調になってしまう。清国人の給仕を呼び出し、紅茶とコーヒーを用意することを命じた。

「トーマスも、あ、と、準男爵さまも」

「トーマスでいい。正直、まだ二年目で、あまり実感がない」

笑みの消えたトーマスに、マリーは表情をあらためた。一昨年に他界した先代スタウントン準男爵のお悔やみを口にする。

「ありがとう。まあ、けっこうな年だったからね」

マッカートニー使節団とともに、北京を訪れたときはすでに五十代も半ばであったという。トーマスはずいぶん遅くにできた息子だったのだと知ってマリーは驚く。一方、使節団の代表であったマッカートニー伯爵も、そのくらいの年齢ではなかったかと、マリーはリウマチの膝を庇（かば）っていた伯爵を思い浮かべた。

マッカートニー伯爵は健在ということで、欧州に帰ったときは会えるように計らってくれると約束した。

「でも、トーマスはイギリスから戻ったばかりですよね。また欧州を往復するのは大変ではないですか」

準男爵家の爵位や遺産を相続するためには、広州における勤務を一時中断して、本国に戻って国王に謁見し、叙爵（じょしゃく）の儀を受ける必要があったはずだ。

「帰れば母が喜ぶ。行ったり来たりも仕事のうちだからね。マリーが気を遣うことはない。何といっても女性がひとりで船旅をするのは、安全ではない」

十二歳の少年であったころの印象が強くて、紳士に成長したトーマスの言動を、いちいち微笑ましく思ってしまうマリーだ。

「ありがとう。それでなくても世話になっているのだから、気も遣ってしまうけど」

「ああ、そうだ。ロンドンに帰ったら出版社のエージェントにも会わせないとね。すぐにはパリに行けないけど、そこは了承してもらっているかな」

「万事よろしくお願いします」

水夫か海兵にでもならない限り、ほとんどの人間にとって航海は一生に一度のことだ。それも二度と戻らない片道であることも少なくない。目的地にすらたどり着けず、疫病や遭難で命を落とすこともある。

しかし、トーマスにとって西から東、東から西への長い航海を繰り返し往復することは、仕事と人生そのものであるようだ。

長男にだけ爵位と家督の相続権があるイギリス貴族の次男以下は、平民と同じで成人後は自立と自活を求められる。かれらは自力で地位や財産を築くために、軍人となりあるいは商人や航海士となり、遠方への航海に出る。

準男爵家の一人息子のトーマスは、何もしなくても家督の相続権があるのだが、海外を飛び回って地位と財産を築いた初代準男爵の父親と、同じ人生を歩むことに何の疑問も抱いていないらしい。冒険家の血筋ともいうべきか。

マリーが鄭凛華に見送られて、広州の港から帰国の途についたのは、それから十日後のことだった。

懐かしの故国と、もうひとつの故郷

　半年近くかかる船旅ではあったが、マリーには退屈する時間はまったくなかった。

　トーマスは丁寧にフランス革命の成り行きと終焉、現在台頭してきているナポレオンの統領政府に至るまでの変遷について、詳しく教えてくれようとした。しかし、次々と入れ替わる為政者と、彼らが変更を繰り返す政治体制や行政のシステム、朝令暮改の法律や、めまぐるしく変化する諸外国との戦況の複雑さには、とても理解が及ばない。

　話を聞くたびに誰が何をしていまどうなっているのか、混乱するばかりだ。

　とにかく、共和制になったはずのフランスは、実質は寡頭制という三人の執政者が支配する統領政府によって運営されていることは理解した。王政を否定して国王と王妃を処刑した挙げ句、ふたたび少数の人間に権力が集中する政治が始まったらしい。しかも三頭政治と見せて、実はナポレオンひとりが権力を握る独裁政府であることも。

「国内は安定してきたようだが、ナポレオンも敵が多い。王党派のアンギャン公をクーデター使嗾の罪で処刑してからは、中立であった諸外国も敵に回してしまった。まだ予断を許さない状況かな」

トーマスの見解では、いまパリに戻ってパティスリーを開いても、いつまた戦争になるかわからず、税制がころころと変わり経済が破綻して、そのしわ寄せが庶民の生活を苦しいものにするかもしれないと、フランスの未来は暗澹極まるものであった。

「だれかれかまわずギロチン送りにされていた恐怖政治が終わっただけでも、安全はある程度担保されてはいるけど」

トーマスはこの十五年のヨーロッパの状況を、時系列で紙に書いて説明してくれたので、マリーはだいたいのことはわかった。ただ、そこに書かれている事件や、死者の数、膨大過ぎる国家予算や、国家の損失をすべて理解するのは不可能だった。

それよりも、こうした出来事の羅列がもたらす政治の混乱と実情、経済の衰退、敵と味方の入れ替わる戦争の連続を、丁寧に説明できるトーマスの頭の中が不思議だ。

「トーマスは、外交官ではないのよね」

「僕は東洋学者で、東インド会社の社員だよ」

マリーが見てきた限り、トーマスの仕事は漢語と欧州言語間の翻訳と、貿易関連の書類管理のようで、貿易に関係ない翻訳なども手がけているのだが、英語なのでどういう分野なのかさっぱりわからなかった。

そして貴族なのに民間会社の社員という組み合わせも、マリーにはピンとこない。ヴェルサイユで遊び呆けていた貴族ばかり見てきたから、働く貴族という物が珍しかったのだ。

それを言えば、トーマスは腹を抱えて笑った。

「フランスにも働く貴族はいたはずだよ。軍人や政治家は、たいてい貴族だ」

マリーは三十に手が届くようになっても、いまだに世間知らずなのだと、恥ずかしく思った。

「マリーは職人だから、仕方ない。どの分野でも、その道の一流を目指して技術や知識を極めようとしたら、他のことまで学ぶ時間はなかなかとれないものだ。でも、時代に流されたり、時の権力者に振り回されたり、不況に負けて貧困に陥ったりしないよう、社会と政治について知っておいた方がいいことはたくさんある。知は力だ」

とりあえず、欧州に戻って最初に取りかかるべきは、師事できるパティシエを見つけることが第一の目標とマリーは決めた。


ロンドンでは、トーマスの手配してくれたホテルにしばらく滞在した。自分の身分には過ぎた上流向けのホテルで、居心地の悪い場違い感に悩まされたものの、他の利用客との距離の保たれた空間は、出版エージェントとのやりとりには都合が良かった。

「マドモアゼル・ブランシュ！」

間に立つトーマスが双方の紹介を終えるのを待ちかねて、エージェントのリチャード・ドブソン氏は、両手を差し出して握手を求め、フランス語で話しかけてきた。

長いあいだ耳にすることのなかった自分のフランス姓を、マリーは妙に新鮮に感じてしまう。

「はじめまして、と言っても、ずっとこのレシピ集の販促に取り組んで来ましたので、マ
いえ、ブランシュさんが赤の他人という気がしません。ようやくお会いすることができて、
光栄の至りです。あ、名前で呼ばせてもらってもかまいませんか」
マリーのレシピ本に入れ込んで、書店に並べるだけではなく、ホテルやパティシエ養成
所を回って売り込んでくれていたのだという。
「そんなことまでしてくださっていたのですか。何も知らずにお金を受け取っていたなん
て、なんだか申し訳ないです」
「いえいえ、マドモアゼルの本が売れれば売れるほど、私どもの懐も潤いますし、我が国
で美味なる菓子が作られるようになるのです。書く、売る、買う、作る、食べる者が全員、
豊かになれる名著です。売り込める可能性のあるところなら、どこへでも持ち込んで宣伝
していく方針です」
丸顔で恰幅の良い中年のドブソン氏は、そこはかとなく高厨師を思い出させる。後退し
た前髪と、ペンを持つふっくりとした肉付きの指、そしてその指がやたらと耳の下を掻く
癖も、高厨師と話をしているような気がしてくる。
そのドブソン氏が熱心にマリーのレシピ本を褒め、もっと売れると推してくれるのだ。
マリーは自分のエージェントとなる人物に親近感を覚えた。
「あ、名前で呼んでもらってけっこうです」
「ああ、どうもありがとうございます。早速ですが、次の版からマリーさんの肖像画を巻

頭に載せたいのですが、承知していただけますか」

「肖像？」

突拍子のない提案に、思わず怯んだマリーは訊き返す。

ドブソン氏はにこやかに両手を振って、マリーの不安を払いのけようとした。

「美術館や豪邸に飾ってある油絵のような、畏まったものではないのです。簡単なスケッチ画に水彩で色づけを施したものか、あるいは陰影を細かくした線画といった、似顔絵みたいなのを想像してください。読者に著者のイメージが伝わればいいのです。それで、できればですが、中華の衣裳を着たマリーさんを描かせていただきたいのですよ」

ロンドンに着いてからのマリーは、トーマスが用意させた英国の中流階級の女性が身に着けるドレスをまとっていた。長袍（チャンパオ）で歩き回れば人目に立つだけではない。絹の光沢や精緻な刺繍が高級過ぎて、ここではあまりに場違いであったからだ。永璘の妃や和孝公主に囲まれていたときは、それほど豪華には思えなかったマリーの長袍は、イギリスでは充分に見栄えがする。

西洋人は東洋人を異教徒の未開人と見下す傾向にありながら、同時に東洋の衣裳や陶器、絵画と庭園などの芸術に魅せられ、積極的に採り入れようとする。

マリーのレシピ本は、半華半欧を体現するマリーの肖像画を添えることで、絶大な宣伝効果をもたらすのだ、とドブソン氏は力説した。

ドブソン氏の、ときどき英語訛りと英単語が交ざるフランス語に、マリーはだんだんと疲れてきた。

せっかくの機会だ。鈕祜祿(ニオフル)氏に作ってもらった衣裳の中から、もっとも華やいだ長袍を選んだ。髪型は王冠巻きに造花と簪を挿し、ドブソン氏がどこからか調達してきた大げさな扇子を持たされる。

できあがった肖像画を見せられたときは、それが自分とは思えなかったが、添えられていた紹介文の姓名に『マダム』が冠せられていたのは苦笑してしまった。

肖像画を載せた次の版の見本ができあがるまでの数週間は、レシピ本の著者と会いたいという英国貴族や、パティシエとの会談に次から次へと引き回され、マリーは想像もしていなかった欧州でのホテル暮らしに戸惑うばかりだ。

公私の仕事に忙しいトーマスともあまり会う機会もないまま、広州へ戻るという知らせが人伝てにもたらされた。

ドブソン氏には二冊目のレシピ本か、清国に関するエッセイあるいは紹介本を書くように勧められたが、欧州に帰ってきたのは、パティシエの資格を取るためであることをはっきりと説明した。

パリへと移る段取りがついたのは、それから数週間後のことであった。

フランスに帰国して最初にマリーが目にしたものは、ナポレオンの戴冠(たいかん)とフランス帝国の誕生であった。

「本当に、何がどうなっているのかさっぱり理解できない。王様を処刑して貴族を追放したあげく、共和政を捨てて皇帝を立てるのね。それって、ローマが王政から共和政になって、三頭政治から帝政になったシナリオと同じ。ヨーロッパの王様たちは、きっと戦々恐々してるでしょうね。ローマ帝国の時代みたいに、戦争ばっかりしてヨーロッパが統一されちゃうかもしれないもの。で、そのあとまた分裂するんだから」

この知識は、かなり昔にアミヨーに教えてもらったものの受け売りである。キリスト生誕以前から人類の歴史は続いていたことを知ったときは、恐怖すら感じたものだが、アミヨーのお蔭で周期的に繰り返す、歴史的な視点を少しながら学んだマリーだ。

そして、フランス革命ですべてを失った経験とアミヨーの教育、トーマスの授業のお蔭で、この先に起きるであろうことも、それなりに予測できた。

マリーは迅速に行動して、親方資格を持つパティシエを探し、弟子入りする。

紹介状も、国内における身元引受人もいないのにもかかわらず、就職は拍子抜けするほどあっさりと決まった。

何年も続いた恐怖政治による大量処刑と、際限のない徴兵のために、どの業種でも働き手が足りなくなっていたためだ。そして、統領政府の政権は安定しており、フランス国民は今度こそ生活が改善されるという期待に、復興へ意欲的になっていたことも、パティシエの需要を増やしていた。

即戦力となる技術と経験を具えていたマリーの性別と半華半欧の容姿は、就職先ではまったく問題にされなかった。職場に近いアパルトマンも見つかり、マリーはロンドンの倉庫に預けていた荷物を引き取った。

まだまだ政情に不安の残るフランスで、マリーの新しい生活が始まる。

しかし、マリーの予測に反して、ナポレオンは破竹の勢いで神聖ローマ帝国を降し、これを解体し、プロイセンとロシアを破ってその領土を大いに削り取った。

それはそれで、フランスの国内は安定し、マリーは落ち着いてパティシエの修業に励むことができたので、問題はない。マリーの敬愛するルイ十六世と、マリー・アントワネット王妃を処刑したのは、ナポレオンでないので破滅を願うほどの恨みはない。また一般国民の平穏な生活が続くのが一番なので、フランス帝国が崩壊して欲しいとは、決して思わなかった。

街角のパティスリーで一徒弟として働いているうちに、あっという間に二年が過ぎ、マリーは晴れてパティシエの資格を取得する。

帰国してから初めて長期の休暇を取ったある朝、パリの下町に借りたアパルトマンの二階でコーヒーを淹れ、マリーはひとりでくつろぐ。これからどうしようかとマリーは考えた。親方に昇格するためには、まだ何年も同じ場所で働かなくてはならない。

「そのころには三十五とか、それくらい」

マリーは指を折って数えて、絶望的な気分になった。これでは店を持つのは四十代になってしまう。

ベルが鳴った。マリーはコーヒーカップを置いて一階におり、郵便を受け取る。ロンドンの出版社からだ。

　フランスとイギリスは険悪な間柄だが、商売をしている人々には関係がない。二年前、二冊目の本を打診してきたドブソン氏に、マリーはまとまった時間が取れないと断った。すると、ドブソン氏はできるときに挿絵入りのレシピを書いて、一枚ずつでも送って欲しいと言ってきた。それを新聞や婦人誌のコラムに載せるのだと。

　絵の練習は続けたかったマリーは、その仕事を引き受けた。新しく覚えたレシピを、一枚か二枚ずつでも書いて送れば、翌々月には原稿料が支払われる。お蔭で下町だが治安の悪くない通りに、寝室と書斎兼アトリエに分かれた、二部屋のアパルトマンを借りることができている。

　この日のドブソン氏からの手紙には、二年でけっこうな量のレシピが溜まったので、一冊にまとめて刊行したいとあった。

　マリーは部屋に戻り、コーヒーを飲みながらもう一度手紙を読んだ。

　それも悪くない。

　ただ出版社がロンドンにあるから、打ち合わせがなかなかできず、刊行のときはドーバーを渡らないといけないかもしれない。以前から、パティシエの資格が取れたときは、ロンドンで講演を開いて欲しいとも頼まれている。

　英語はまったく勉強していないので、自分の書いたレシピや人前で話したことが正しく翻訳されているのか、確認のしようがないというのも不安だ。広州に戻ってしまったトーマスを頼るわけにもいかない。

　マリーはアトリエの窓を開けて、パリの街並みを眺めた。

　まだ、北京へのホームシックは覚えない。永璘への思慕は、ここにきて修業に専念しているうちに、ようやく胸を削るような痛みも薄れてきた。

　身寄りのないパリでひとりで生きていくことを、あれだけ怖がっていた三年前までの自分が、嘘のようだ。手に職があり、さらに特技で副収入を得ているから、王府で貯めた金にはほとんど手をつけていない。かといって、自分のパティスリーを開くほどの資金にはならず、その気にもなれないでいる。

　主人も、同室の同僚も、召使いもいない。都会の片隅での、ひとりだけの暮らし。

　この生活が、ものすごく快適なのだ。

　革命政権下で行われた非キリスト教化運動の名残で、毎週の休日ごとに教会に通わなくてもよい。自分のために使える時間もお金も、充分にある。

　ファッションもずいぶんと変わって、コルセットは昔ほど厳しく腰を締め上げないデザインになっていた。胸の下からギャザーを寄せたスカートがふわりと足下まで覆うドレスは、横にも後ろにも広がらない。パニエも細身で、穿かなくてもばれないのではと思ってしまう。

　これはこれで楽ではあるが、男女の別のない、清国の腕や足を締め付けない筒袖筒ズボンの、動きやすく実用的な作業着がつくづく懐かしい。不満と言えば、それだけだ。

このまま年を取ってしまってもいいかもしれない。あるいは、同業者の誰かと結婚を考えるのも悪くない。

決して手に入らない相手を思い続けていても、現実に幸せになる道はないと、わかりきっているのだから。

休暇中ということもあり、パティシエ試験の合格祝いと気分転換も兼ねて、マリーはドーバー海峡を渡ってロンドンを再訪した。

ドブソン氏との打ち合わせのあとは、ロンドン周辺の有名な公園を見て回ってからパリへ戻った。

このままパリで働き続けるか、それとも清国へ戻るべきかと、今後の方針も決まらず、そのまま同じ店に勤めていた矢先のことだった。

ナポレオンはイギリスとヨーロッパ大陸との通商を禁じる、大陸封鎖の勅令（ちょくれい）を出した。ヨーロッパのほとんどの国を屈服させたナポレオンとフランス帝国であったが、イギリス王国だけはフランス王党派の支援を続け、ナポレオンに対する対立姿勢を崩さなかった。そのイギリスに打撃を与えるために発令されたのが、イギリスの経済をヨーロッパから閉め出す大陸封鎖令であった。

これはむしろ、フランスの国民とその同盟国にも打撃を与える諸刃（もろは）の勅令であった。マリーも大いに巻き込まれた。二冊目のレシピ本の出版計画は頓挫（とんざ）し、新聞コラムの掲載も無期保留となった。副収入が途絶（とだ）えただけではなく、イギリスの出版物に寄稿してきたことが知られたら、捕らえられ裏切り者として処分されてしまうかもしれない。

たかがお菓子の作り方で！

パティシエールだけの収入で、現在のアパルトマンの家賃が払えないわけではないが、大陸封鎖が長期にわたった場合には生活も苦しくなる。

マリーはいまさらながらも新聞の経済欄と政治欄を読み始め、英語を学ぶことにした。フランス側の一方的な報道だけでは、世界の全容が見えてこないと知っていたからだ。

幸い、自分が書いた仏英のレシピ本が、最初の教科書になった。

マリーはもう、革命や安定しない政治、あるいは恣意的な独裁者、そして戦争に振り回されたくない。トーマスの言う通り、自分の職分だけに集中していては、普通に暮らしていくことだって、こんなに難しいことを思い知る。


その日の仕事を終え、急ぎ帰宅の準備にかかるマリーに、同僚のパティシエのひとりが声をかけた。

「マリー、クリスマスには何しているんだ？」

「クリスマス？」

仕事で大量にクリスマスのパンや菓子を作っているのだから、クリスマスが近いことを知らないわけではないのだが、マリーはいきなりの質問に戸惑う。

「ミサに出たあとは、家に帰ってパンとチーズを食べながら、ワインを飲んでるかな。ハムが買えるといいなと思う」

「ひとりで？」

　マリーはあらためて同僚の顔を見上げた。

　赤みがかった栗色の髪と、窪んだ眼窩に茶色の瞳、細長めの顔に、鷲鼻気味の高い鼻。顎ががっしりとしている。名前はアンリで、年はマリーと同じか、年下だと思われたが、訊いたことはない。

　ふっと、ゆで卵のようにすっきりとした永璘の面影がよぎって、マリーは瞬きをした。

　東洋顔が好みだという自覚はこれまでまったくなかった。むしろ婚約者であったジャンは、標準的なフランス人であった。恋愛という形ではなく、父の推薦で始まった結婚前提の付き合いで、そのまま婚約した。少女のころは恋のときめきよりも、将来の夢を優先させた伴侶選びだったのに、三十路に足を踏み入れてから、外側の好みがはっきりとしてきて、心動かされる恋を求めてしまうとは。

　中華や仏英の恋愛小説など読むようになった副作用だろうか。

　顔で選んでいたら、恋人も結婚も一生できない。結婚したいという願望はそれほど強くないが、子どもが欲しければそろそろ時間切れではある。

「ひとりだけど、どうして？」

　愛想のない答えになってしまった。

「親方が、帰省しない地方出の従業員で独り身のやつは家に呼ぶから、マリーにも声をかけてくれって」

「去年まではそんなお誘いなかったけど、急にどうしたのかしら」

マリーは首をかしげた。

「今年は若い徒弟が増えたからじゃないかな」

確かに、新人は増えていたが、独身のパティシエや徒弟は以前からいた。マリーは自分だけが声をかけられていなかったことを、うっすらと感じていた。仲間はずれにされたとは解釈していない。清国ほどではないにしろ、女性であることと半華半欧であることに好意的でない人間はいる。仕事中に不愉快なことを言われたり、嫌がらせをされたりはないが、勤務時間外で会話の時間が増えれば、好奇心の強い人間にありがたくない詮索をされるかもしれない。

「それで、マリーは親方の家に来る？」

「あんまり気は進まないな。休みの日にやっておきたいことも多いし」

「クリスマスだぞ⁉」

アンリは信じられないことを耳にした、という目つきで念を押す。

「だから、ミサには行くよ」

非キリスト教化運動で聖職者は追放されたり、教会は破壊されたりと、一時は暴徒を怖(おそ)れて一般の信徒も教会を敬遠するようになっていた。統領政府が教会と和解してまだ時間は経ってないが、信仰を求める人々はミサに戻り始めていた。

アンリは非キリスト教化支持者なのか、信じがたいものを見てしまった目つきでマリーを見つめた。

「親方の家には行かないけど、お誘いどうもありがとうって親方に伝えておいてくれる？」

「ちょっと、マリー。ミサの後に来ればいいじゃないか」

なにやら急に焦った口調で追いすがってくる。

マリーは体ごと振り向いて、アンリを見上げた。

「アンリは、大陸封鎖令って、どう思う？」

「は？」

ぽかんと口を開けて、マリーを見返してくる。

「皇帝が決めたことだし、どう思うも何も」

「イギリスをヨーロッパから閉め出すことで、私たちの仕事にどんな影響があると思う？」

「え、いきなり訊かれても。えーと、紅茶をイギリスから買えなくなって、値段が上がるとか？」

「それはすでに起きているの」

「だけど、フランスだって清国やインドから直接買い付けてるんじゃないのか」

「インドにあるのはイギリスが開発した茶農園だから、フランスは手出しできないよ。清国だって、広州で一番勢いがあるのはイギリス。もっとも、大陸の紅茶市場と英国圏の紅茶市場のどっちが大きいか知らないから、調べてみないとなんとも言えないけど。あと、イギリスの工業力は、ヨーロッパのどの国よりも進んでいるんだよ。いままで安く買えていたものが、何倍ものお金を払わないといけなくなる。お金をいくら積んでも、輸入されなければ、逆立ちしたって手に入らなくなるよ。どうしようもない革命と戦争のせいで、質の落ちた国内産か、もっと劣った品質のものを買うのに、足下を見られて高いお金を払わなくちゃいけなくなるかもしれないの。クリスマスには、これ以上困ったことが起きないように神さまにお願いして、いろいろ勉強しておきたいの。休暇は有意義に使いたいから。ごめんなさい」

口を薄く開いたまま唖然とするアンリを残して、マリーは店を出た。小雪の舞う石畳を、足音を立てて歩きながら、マリーはアンリに八つ当たりしてしまったことを後悔した。もしかしたらマリーに気があって、誘ってみただけだったのかもしれないのに。将来性のあるパティシエと結婚する機会を、自分から遠ざけてしまった。

アンリは戦場から帰ってきたばかりだから、革命でボロボロになったフランスを勝利に導き、ふたたび欧州の盟主に返り咲かせたナポレオンに心酔している。常勝の将軍は、政治や外交にも無謬だと、信じているのだ。

イギリスの商船で帰国し、ロンドンにしばらく滞在したマリーは、海峡を隔てた隣の国が、こんなにもフランスと違う国であったかと、驚かされた。フランスが自国の王を処刑し、内部抗争に明け暮れ、戦争で荒れている間に、イギリスは着々と工業力を伸ばし、独立戦争で失ったアメリカを取り戻す勢いで、世界じゅうに植民地を増やしていた。

その時の縁で、マリーはトーマス以外の知人からも、イギリス経由のナポレオン評が耳に入るため、軍事の天才が必ずしも政治の場で評価されているかというと、そうでもないことを知っている。できれば、フランス帝国に抑圧されている、ドイツやスペインの評も理解できれば良いのにとも思う。フランス国内の発表はナポレオン万歳一色で、うっかり批判でもしようものなら、たちまち非国民扱いだ。

だが、この大陸封鎖令で、潮目が変わるかもしれない。マリーの浅い知識だけでも、事業や生活の立ちゆかなくなるであろうフランス国民は、少なくないと予測できる。貿易と直接かかわっていない人々でも、ふだん使っているものや、他では手に入らないものが、国内から消え去って、不便な生活を強いられることだろう。

とはいえ、フランスも住みにくいからといって、ふたたび逃げ出すのも正しい選択ではないような気がする。英語は話せないので、イギリスに移住するのも気が進まない。

帰宅すると、トーマスからクリスマスカードが届いていた。手作りなのか、『龍』の絵が描いてあるクリスマスカードだ。『竜』を悪魔と見做すキリスト教の祭なのに、とマリーは失笑した。

それから手紙を読むと、嘉慶帝がキリスト教の弾圧を厳しくしたことが書かれていた。教堂は政府の管理下におかれ、既存の信者に説教をすることも禁じられた。

あのまま北京に住んでいたら、主日ミサのために北堂に通うことも禁じられていただろう。マリーはパンシの失望が気になった。

どこを探しても、住みよい国というのはないのだろう。

マリーは辛抱強く、フランスで生きていくことにした。とりあえず、大陸封鎖令が長引いたときに備えて、家賃の安いアパルトマンを探すことにする。


特に胸躍る出逢いもマリーには訪れず、人生の転機もないまま、西暦一八一一年を迎えた。既婚の上司や同僚から、不埒な扱いを受けたときは、ためらいなく辞めて、別の店に勤めた。パリで働けなくなったら、イギリスに渡ってやり直す程度の英語力は身につけた。結婚はあきらめている。どこかに終の棲家を決めて、そこで小さなパティスリーを開きたい。

そんな特に目的もないまま生きていたこの年の三月、空に大彗星が現れた。

これが吉兆か凶兆かの議論で巷は沸騰したが、天文学が占いではなく科学として定着していたヨーロッパでは、彗星の正体はすでに明らかになっていた。

とはいえ一般の庶民は、天体の奇蹟と日常の吉凶を関連づけることが好きだ。そしてまさに彗星の出現に合わせたように、皇帝ナポレオンとオーストリア皇女マリー・ルイーズの間に嫡子が誕生した。だからこれは吉兆なのだと、みな喜んだ。しかし、ロシアとの戦争と、大陸封鎖令が長引いていることから、国内の景気は非常に悪いものになっていった。

マリーは毎夜の虚空に尾を引いて現れる彗星に魅せられ、貯金を少し崩して望遠鏡を買った。特に名前をつけられず、一八一一年の大彗星と呼ばれるこの箒星は、長い長い尾を引いて、春が来て、夏が過ぎてもまだ空から消えようとはしなかった。

この彗星は、清国からも見えるのだろうか。

地上からは静止しているように見えるのに、尾を引いているせいで、おそろしい速さで疾走しているようにも見える。

彗星の観測を続けているうちに、居心地は悪くないが、いまの暮らしに退屈していることをマリーは唐突に自覚した。

マリーはパティスリーを退職した。アパルトマンを引き払い、描き溜めた絵とレシピ、北京生活について書いたエッセイの原稿を持って、ロンドンに移った。出版エージェントのドブソン氏は大喜びで原稿を受け取り、いくつかの修正の末、英語版と仏語版の両方の刊行が決まった。

マリーは刷り上がった本を持って、広州行きの船に乗り込む。

ひとりで行こうとするマリーを、ドブソン氏は引き止めた。しかしマリーの決意が変わらないので、エージェントをひとりつけてもらえることになった。断ろうとしたが、ドブソン氏は眉を怒らせて、声を荒らげた。

「あなたね、女性がひとりで外国を船旅することの危険がわからないんですか！　こっちの旅費は心配しなくていいです。広州やアジアの植民地に頒布する書籍の輸送もありますから、そっちでプロモーションも必要ですし、スタウントン準男爵にお願いしている翻訳誌の原稿の受け取りもありますし、ね」

と主張を譲らないので承諾した。

仕事を辞めたのも、パリを出たのも、衝動的な決断だった。広州に行ってどうするかも決めていなかった。いまさら王府に帰れるとも思っていない。王府を去ったことは後悔していないし、故国フランスでの生活に不満があったわけではない。

ただ、四十を前にして、年老いて長旅ができなくなる前に、もう一度永璘に会いたかったのだ。

自分の人生には波乱や緊張が多すぎたので、刺激や事件がないと、退屈で死んでしまう体質になってしまったのだろう。お菓子作りはいまも天職であるし、趣味の絵も収入につながり、つたない文章だが、ほとんどの欧米人が知らない北京の生活について書いたエッセイと画集も、出版社が大喜びで本にしてくれた。そして、マリーがずっと全彩色にして手元に置きたかった本も、作ってもらえることになったのだから。

船に乗るたびに、旅の期間が短くなっていく気がする。六ヶ月かかっていたのが前回は五ヶ月ちょっとになっていたが、今回は五ヶ月もかからずに広州に着いた。

季節風の違いかと訊ねると、エージェントが誇らしげに答えた。

「外洋船だって、進化しているんですよ」

イギリス帆船の船足が、いまもっとも世界で速いのだという。

マリーはもし永璘に再会できたら「彗星に乗って会いに来ました」などと言ってみようかと思っていたが、大彗星は広州に着く前に姿を消してしまった。残念だ。

迎えに来たトーマスは、マリーを見てひどくすまなそうに目を逸らした。

「来たのはご迷惑でしたか」

マリーが不安になって訊ねると、トーマスは首を横に振る。

「いえ、せっかくの長い旅のあとで戻ってきたのに、入国できないかもしれないのが、残念で」

「入国許可、取れないんですか」

半ば予測していたことだった。

キリスト教の弾圧がまた始まり、教堂における説教や典礼が禁止されたのだ。外国人への締め付けが厳しくなっていっても不思議ではない。

トーマスは肩をすくめる。

「入国はできても、居住はできません。西洋人の内地居住と、清国人とキリスト教徒との接触が固く禁止されました。もしも北京に入る許可が出たとしてもほんの短期間で、しかも清国人と旧交を温めることはできません」

「それなら、少しでも望みはありますね」

マリーは待つことにした。

しかし、入国許可は下りず、夷館区から出るのも禁じられた。無為に日を過ごすこともできず、マリーは夷館のひとつでパティシエールとして働き始めた。

荒くれの船乗りも多く、女性で半華半欧のマリーを、最初は好奇の目を向けたり、野卑な言葉をかけてくる男たちも少なくなかったが、北京官話とフランス語を流暢に操り、そして片言ながらも広州の漢語と英語を話し、そのいずれも読み書きできるとなると、やがてどの夷館からも一目置かれることになった。

折々の通訳はもちろん、トーマスが帰国している間は、翻訳の仕事まで頼まれることがある。パティシエールの仕事はいまでも天職で一番好きなのだが、そろそろ重たい小麦粉や砂糖の袋を持ち上げて運んだり、一日中立ち働くのはつらくなっていた。

だから、パティスリーでの仕事は半日に留め、残りはあちこちから依頼される事務仕事で日銭を稼げるのはありがたかった。

入国は許されなくても、手紙をことづけることはできた。永璘に送るのはなんとなく気が引けたので、和孝公主に近況を告げる手紙を送る。キリスト教徒との接触が禁じられているときに、マリーと接触しても咎めを受けないであろう人物は、和孝公主しかいないという理由もあった。

季節がひとつ過ぎて、返事が届いた。

厚い封書に、長い長い文章で、この九年間の出来事が書かれていた。

とても細やかな文章で、慶郡王府で移り変わっていったさまざまのことや、政治的な変化も添えられていた。

嘉慶帝が洋人に対して厳格になったのは、ロシアの外交使節が領土の割譲をしつこくせまったり、イギリスが沿岸に軍艦を航行させて、示威行動に出るなどしたためであることがわかった。

「トーマス、イギリスのやり方があざとくて、しっぺ返しをされたから、私には黙っていたのね。トーマスは軍人じゃないんだから、イギリス人だからって理由で、責めたりしないのに」

マリーは独り言をつぶやいて、続きを読む。

慶郡王府にはマリーが去った翌年に新しい庶福晋に三女が生まれ、今年、別の側福晋にそれぞれ五男と四女が生まれたという。王府に生まれた子どもは男児が五人で女児が四人。

「あれ？　四男はどうしたのかな」

生まれたことも書かれていないということは、夭逝したのだろう。すると現在は男児がふたり、女児が三人。決して多いとは言えず、五男もまだ生まれたばかりで予断を許さない。阿紫は七年前に成婚して王府を出たという。永璘はずっと手元に置いて、婿を迎えるつもりだったらしいが、嫁いでしまったらしい。

永璘の子どもたちが健やかに育ちますように、とマリーは祈る。マリーの祈りが天にも神にも、届いたことなど一度もないのだが。

和孝公主との文通は、マリーの楽しみだった。ときどき、永璘が描いたと思われる筆画が添えられていて、自分の手紙を読んでくれていることがわかった。

和孝はマリーに入国の許可が下りるよう、嘉慶帝に頼んでいるのだが、例外は作れないと考えを曲げない。

永璘が六男を授かった、という知らせを受け取った日、北京に行くことをあきらめた。

そろそろ落ち着きたいと思ったのだ。

夷館区の居心地は悪くない。すっかり顔が広くなって、各国の夷館の偉い人たちにも頼りにされ、子どもたちには慕われている。

漢人の娼婦と船乗りの間に生まれた子どもたちだ。この半華半欧の子どもたちは、男児は十歳にもなれば水夫に、女児は母親が働いていた花街に放り込まれる。

絶え間なく生まれてくる狭間の子どもたちを救う力はマリーにはない。ただ、教会の神父たちが、栄養が足りずに死んでいく子どもたちに、せめて死後は神の国へ受け容れられるよう、洗礼を授けるのを手伝ってきた。

自分のパティスリーを持てば、その中の何人かには、簡単な教育を授け、徒弟として迎え入れてパティシエに育てることができるのではないかと思う。必ずしもパティシエになる必要はないにしても、何かを残せるのではないか。

そのように考えて、夷館区に店舗と住居を兼ねた物件がないかと探し始めたときだった。

トーマスが英国大使アマースト伯爵率いる使節団とともに帰ってきた。

「マリーもいっしょに来るといい」

トーマスの提案に、マリーは唖然とする。

「そんな、どういう資格で？」

「大使のお抱えパティシエールでもいいし、通訳でもいい。マリーひとりくらい、滑り込んだって、何の問題もない」

前回の全権大使は、北京と熱河の両方を合わせて三ヶ月近く滞在した。今回もそのくらい滞在してくれたらいいと、マリーは思った。

天津へ向けて出航する前に、トーマスは香港の散策にマリーを誘った。

「こちらの方は、来たことがある？」

トーマスの問いに、マリーは否と答える。

「どこまで行っていいのか、わからないので、夷館区からは出たことないです」

使節団の団員か、イギリス東インド会社の社員かマリーにはわからないが、トーマスの秘書か同僚も一緒だった。小姓か小間使いなのか、マリーのように半欧半華の少年と漢族の青年もいる。

「これが終わったら、マリーはどうするつもり？」

マリーは質問の意味をどう受け取ったものか悩んだが、使節団の帰国について欧州に帰りたいか、という意味と捉えた。

「どうもしないかな。ここに戻ってきて、自分のパティスリーを開こうと思う。そんなに長い人生でもないのに、あちこちいろんな場所で暮らしてみたけど、ここが一番自分に合っているような気がするの。私は境界にいるのが、退屈もせず、気持ちも落ち着くような気がします」

「そうか。自分の場所を見つけられたのなら良かった。でも、ずっとひとりでここにいるつもり？」

「親を必要としている子どもたちはたくさんいるので、パティシエになりたい子がいたら、徒弟として引き取って育ててみようとは思うけど」

「結婚は考えてない？」

直截な問いに、マリーはとっさに返答に困る。

「そういう時期は過ぎたかな。ひとりでも困らないので、たぶん、結婚はしないと思う。トーマスのほうこそ、そろそろ落ち着くように、言われているんじゃないですか」

マリーはからかい口調に紛れさせていった。

トーマスは少し間を置いて、小声で答える。

「僕も、結婚はしない」

声は小さくとも、はっきりと断言したので、マリーは相槌にも慎重になった。

「準男爵家は誰が継ぐの？　イギリス人は家の存続にこだわりはないということ？」

「家によると思う。僕はただの二代目だから、誇れる家系も、領地らしい領地もないし。マッカートニー伯爵家も跡継ぎはいなかったから断絶した。はじめから、自分の初代限りと決めて爵位を受けたというから、ちゃんと貫いたのは良かった」

マリーにはよくわからない感覚だ。実力で勝ち取った爵位なら、なおさら子孫に伝えていけばいいのに。本人だけが知っている、結婚できない理由があるのかもしれない。

マリーは詮索しないことにした。

「まあ、この交渉の結果次第だけどね。なんとかして、中華の皇帝に自由貿易を認めさせたい」

　トーマスは意気込みも新たに、成功を誓(ちか)った。

　大英帝国の使節団は南シナ海から黄海(こうかい)へと、海岸沿いの航路を取り、やがて天津に着いた。使節団とともに上陸したマリーは、体調を崩して北京入りを断念した。

「ここまで大きな病気にもならずにこられたのが、奇蹟といえば奇蹟かしら」

　マリーは天津の宿に閉じこもって、体を休めることにした。

「できればリンロンには直に手渡したかったんだけど。ここから送るしかないな」

　トランクから油紙で包んだ小荷物を取り出し、紐(ひも)を解いて包みを開く。中からは革で装幀された大判の本が出てきた。

「何年も包みっぱなしだったけど、湿気も傷(いた)みもない。よかった。でも、勝手に出版しちゃって、怒らせたりしないかな」

　この本を開いたときの永璘の顔が見たかった。

　革の表紙を開くと、最初のページには濠(ほり)の対岸に紫禁城を遠望する水彩画が印刷されている。

　油絵風の澳門(マカオ)の港。杏や桃の木に囲まれた春夏秋冬の杏花庵(きょうかあん)。ほんの一握りの皇族以外は、誰も見たことがない円明園(えんめいえん)の風景がいくつか。万里(ばんり)の長城を城壁の上から眺めた風景。避暑山荘のポタラ宮殿、江南風庭園、草原を駆けていく馬の群れ。

風景であったり、建物であったり、花や静物であったり。

それは遠近法が取り入れてあるのにどこか平面的で、仔細に描き込まれているのだが、消失点がひとつではない。上手なのか未熟な絵師なのか、いまひとつ判断できないのだが、不思議と目を引く。たとえば猫や猿の表情には愛嬌があり、墨絵で描かれた平服の老人と子どもの後ろ姿には、なんともいえない哀愁が漂っていた。油絵であったり、水彩画であったり、あるいは水墨画であったり、いったいどういうタイプの画家による画集なのか、まとまりがない。どの絵画で大成できたのか、想像ができなかった。

そして人物画は子どもばかりだ。

東洋人の起伏の少ない、しかしふっくらとした顔立ち。切れ長の目は三日月を描いて笑っている。西洋人が描く東洋人の人物画は、鼻を省略し、目を細く口は小さくして、戯画化した印象を与えるのだが、ここに描かれた子どもたちはそうではない。確かに目は細く口も小さいのだが、実物を見て描いているので、それぞれの特徴と顔立ちははっきりとしている。しかも、いまにも笑い出しそうな躍動感があった。

細かい唐草模様の枠線だけ入った白紙の頁をめくって、最後の頁を開く。

最後の頁には、若い女性を斜め正面から描いた肖像画だ。成人した人物の顔を詳細に描いたのはこの一枚きり。

まだ少女の面影の残る眼差し、髪は全体的には黒褐色だが、光の当たる部分は栗色の艶を跳ね返している。癖のある柔らかそうな髪は王冠巻きに頭に巻き付けられ、後れ毛は淡い茶色に透けている。目頭だけが蒙古ひだで閉じた眼は、目尻へゆくにつれて二重になり、丸みを帯びたきれいなアーモンド形を成している。その瞳は虹彩の縁が翠色を帯びた淡い茶色だ。鼻梁は眉間から立ち上がっているものの、目鼻立ちそのものの彫りは浅めで、白黒の印刷であれば、肖像画を見た人間はモデルを東洋人の少女と決めつけたかもしれない。

しかし、東洋人の肖像画には絶対に見られないもの——頬と鼻の上に散らばる雀斑——が、描き込まれている。

マリーはひとりでに笑いが込み上げる。

自分の肖像画を立派な装幀の画集の、それも最後の頁に載せるなんて、なんて自意識過剰な女だろう。これはどう見ても、どの絵にも署名を残さなかった画家が、もっとも愛した女の肖像だと解釈できるではないか。

マリーは頁を一枚戻して、枠線だけの白紙の部分に掌を当てた。

「ここに、リンロンの一番大切な絵を貼ってください。知っている人間には誰だかすぐにわかってしまう奥さまの肖像は、さすがに公開できませんでしたから」

世間に顔を出すことを厭う清国の貴婦人の肖像は、印刷できない。本人も望まないであろうし、永璘も許可しないだろう。なにより、マリーが敬愛する鈕祜祿氏をさらしものにしたくなかった。

ただ、自分の肖像を最後に挿し入れることには、羞恥心よりも永璘の被写体として存在していた自分を誇りに思う気持ちが強い。もしも鈕祜祿氏(ニオフル)がフランス人に生まれていたら、夫に描いてもらった自分の肖像画を、全世界に見せびらかしたい精神性を持ち合わせていたに違いないのだ。

　マリーが肌寒さを覚えてもう一枚上衣を出そうとしたとき、扉を叩く音がした。

　宿の給仕がお茶でも運んでくれたのかと扉を開ける。

　開かれた扉の向こうには、疲れたようすの永璘が立っていた。マリーは仰天(ぎょうてん)し、息を呑んで固まってしまった。

「どうして、ここがわかったのですか」

「英国の使節団といっしょに北京に来ると書いて寄越したのは、マリーではないか」

　マリーは上目遣いに天井をにらんで、確かにそうだったと思った。

「でも、使節団が船で行くのを知らなかったので、陸路で送ってしまったんですよ。だから、間に合わなかったはずです」

「それが、間に合った、というか少し遅れて着いた。通訳をつかまえて女の糕點師(ガオディアンシー)が同行しているはずだがと訊ねると、天津の宿で臥せっているというから、急いで見舞いに来た」

　ここのところ涸(か)れていた涙腺が、急に決壊してしまって、マリーは顔を両手で覆(おお)ってうつむいた。

「なんでそんな嬉しいことしてくださるんですか。もう心臓が止まりそうです」

「なぜ泣く。心臓が止まりそうなのはこっちだ。北京からずっと馬を走らせてきたんだぞ。

とにかく休ませろ。茶か冷まし湯はないか。喉がからからだ」

　マリーは慌てて永璘を部屋の中に入れた。寝台と小さな食卓しかない宿だ。とりあえず寝台に座らせる。

「北京から休まず走らせたんですか。ご自分のお年を考えてください」

　叱り口調になって、マリーはぬるくなっていた茶を差し出した。

「私の呑みかけで申し訳ないですけど、すぐに飲めるほど冷ましてあるのは、これだけです。厨房に行って、冷ました湯がないか訊いてきます」

「これでいい。マリーはここにいなさい」

　永璘は、マリーを隣に座らせた。本当に北京から馬を走らせ通しだったのか、王府にいたときにはほとんど嗅（か）ぐことのなかった汗のにおいがする。

　なんだろう、懐かしい。前にも嗅いだことがある。あのときは汗だけでなく、革の獣臭（けもの）さもあった。

　マリーは思わず吸い込んでしまった。

「ああ！　いつか拝領した鹿革の手袋の匂い！」

　帰国するときも持って帰り、冬になるといつも使っていたのに、いつの間にか永璘の匂いはなくなっていて、自分と鹿革のにおいになっていた。

「何を言っている？」

「でも、どうして無茶なことされたんですか。侍衛さんたちはどうしています？」

「向かいの酒楼で休ませている。無茶か、無茶と言えば、マリーの方が無茶だ」

永璘はそう言って、黙ってしまった。マリーに何を言うべきか、考えてこなかったのだろう。マリーは立ち上がって新しい茶葉で茶を淹れ直す。

「皇上は、英国大使が拝謁時に三跪九叩頭の拝をするのでなければ、北京の入城も許さないと明言したのだが、大臣の報告では大使は渋っているという。先帝のときのような妥協は絶対しないと仰せだったので、これは使節団は即刻追い返されるなと思った。そうしたら、マリーも間をおかず、かれらと内地を去らねばならん。これが今生で会える最後だと思ったから、急病を装って朝廷を抜け出し、こちらへ駆けてきたというわけだ」

短絡的な判断と衝動的な行動が、とても永璘らしいとマリーは思った。

「もう、どうしていつもそうなんですか。政治的にも危険ですし、体力的にも無茶をして、倒れたらどうするんですか」

「無茶はしてない。途中の駅逓で馬を替えさせているあいだはちゃんと休んだ」

マリーはこらえきれずに笑い出した。

「そんな無理をして会えても、一日も一緒にいられないのに」

「たった一日会えるかどうかもわからない賭けに、女のマリーが海洋を越え何千里もの道のりを越えて来たのを私が知って、たかが百数里の道を飛ばしてくることもできない男だと思うのか」

マリーは額を永璘の袖に当てた。

「嬉しいです。そして、とても幸せです。あの、老爺に差し上げたいものがあって、どうしても手渡ししたくて、それで千里の海原をはるばるやってきたんです。見てください」

マリーは流麗な筆記体で『LINLANG』と銀字で表題された、革の画集を差し出した。永璘は不思議そうな顔をして、表紙を開く。最初の頁に印刷された絵画に目を見開き、一瞬マリーの顔を見た。すぐに目を落として一枚、一枚めくっていく。最後にマリーの肖像画をじっと見つめて、ゆっくりと息を吐いた。

それから本を閉じて、表紙と裏表紙、背表紙から眺め回し、また中を開く。

「これは、マリーが作らせたのか。印刷されているようだが、全彩色の版木を作らせるのに、かなりの資金がいっただろう」

「はい。だから、投資分が回収できるだけ刷って、欧州で刊行しました」

その瞬間に見せた永璘の表情を、なんと表現したらいいものだろう。決して嬉しいという顔ではなかった。むしろ、犬の糞でもふんづけてしまったかのような、予期せぬ不運、極上の甜心だと思って食べた胡麻団子が、発酵の進んだ臭いの強烈な漬物を詰めた団子だった、といったような衝撃。とにかくそういう形で自身の秘めたる趣味を全世界に暴露されてしまった驚きを、どう扱ってよいのかわからない、そんな混乱しきった表情であった。

「あの、いけませんでした？」

マリーは上目遣いで永璘を見上げた。もはやそんなあざとい表情が通用する年齢ではないのだが、心は杏花庵でともに絵を描き、批評しあったあの頃からいくらも変わっていない。

「皇上に知られたら、私はおしまいだろう」

本気で声が震えている。

「清国では販売されませんよ。なるべくヨーロッパのみで流通させるという契約です。老爺だってわかるような部分は、みんな削り落としましたから」

「なるべく――この最後から二頁めは、なぜ空白なのか」

「もしかしたら、老爺がご自分で保管したい絵があるんじゃないかな、と思ったので。空けておきました」

「だが、この画集を買った者は、落丁本だと思って怒るのではないか」

「そのときはそのときです。絵の具や手法、被写体に統一性のない、お遊びみたいな画集ですよ。空白の額は、こちらの遊び心だと思ってくれる人ばっかりですよ。きっと」

永璘は画集を横に置いて、マリーの手を握り、ぐいと抱き寄せた。

引き寄せられるままに永璘の胸に頬を当てるマリーに、永璘が囁く。

「ここでは逃げないのか」

「もう、自分の気持ちから逃げる体力も気力も使い果たしました。本当は、もうずっと前から、こうできたらいいと思っていたんです」

永璘がなお強く抱きしめてくれたので、長袍に焚き込められた香と、マリーに会いにくるために流した永璘の汗のにおいに包まれる。

マリーは永璘の胸に頬を押しつけて囁く。

「リンロンには感謝しています。そして、長い間お慕い申し上げていました。それをお伝えするためにどうしても、もう一度、一度限りでもでいいから、お会いしたかった」

マリーの肩を抱いていた永璘は、すぐに言葉を返さなかった。マリーが覚えているどの口調よりも、厳かで慎重な響きで確認する。

「それは、私とともに北京へ戻るつもりはないということか」

額を永璘の胸にこすりつけ、マリーは小さく微笑した。

「お部屋さまになるためにですか。その答はうんと昔に出ていますよね。私がリンロンを愛して身も心も捧げることは、清国の人間になることを意味しません」

少しの間を置いて、永璘はマリーの頰に触れて、顔を上げさせる。

「マリーはそれでいいのか」

にこりと微笑み返したマリーは、永璘の胸を押し戻した。襟を開いて懐の守り袋を引き出す。袋の口を開いて、中から翡翠の板指（バンジー）を取りだした。

「リンロンはご存じでしたか。西洋では指輪を交換することは、婚姻の成立を意味するんですよ。私はリンロンの指輪を受け容れたのですから、私にとっての伴侶は、あの日からずっとリンロンただひとりです」

マリーは話しながら、大きすぎる板指を自分の中指に嵌めて、くるくると回して見せた。

「交換しなければ西洋の婚姻は成立しないのであろう？　私はマリーから指輪らしきものをもらった記憶はない」

おどけた調子を装いながら、永璘は反論する。

「婚姻の儀は、まだ終わってないからです」

「終わらせたくはないな」

永璘は両手でマリーの頬を包み込んだ。

パリでふたりが出会ってからおよそ四半世紀、息がかかるほどの距離で見つめ合ったのは、これが初めてではないだろうか。マリーは早鐘のような鼓動にめまいを覚え、永璘の大きな手に自分の掌を重ねて眼を閉じた。

ここまで来るのに、長い時間がかかった。

もう、許されていいだろう。

この日の一夜の輝きを永遠のものとし、命の燃え尽きるその日まで、大切に胸に抱いて生きていこう。

そして広州の夷館区に終の棲家を持とう。

若さがなくなっても、誰の愛も頼りにすることなく、パティシエールとしてまだまだ生きていける。小さなパティスリーでお菓子を作りながら、余生を過ごそう。同じ大陸の、遠いけども近い北の空の下に、マリーの愛する人がいることを感じながら、今日のことを繰り返し、繰り返し思い出し、反芻して、静かに暮らしていこう。

主よ、リンロンに巡り合わせてくださったこと、感謝いたします。

終章

嘉慶二一～二五年
西暦一八一六～二〇年
広州／夷館区

大使のアマーストは叩頭令を拒否し、交渉は決裂した。

大英帝国の全権大使は、今回も何一つ収穫のないまま、帰国することになる。

マリーは使節団を広州の港で見送った。

「ぼくはもう、こちらには来ない」

トーマスは吐き捨てるように言った。

絶対に譲ろうとしなかった嘉慶帝への怒りか、自分の力不足を悔やんでいるのか。父が成し得なかったことを、成し遂げられなかったことに、深い挫折感を覚えているのか。

どちらにしても、マリーには励ます言葉は思いつかない。

二度と会えない人が、またひとり――そう思ってやるせない気持ちになる。

「マリーも、適当にフランスに帰った方がいい。清国は化石の国だ。そのうち雷でも落ちたら簡単に粉々になってしまうだろう。世界は工業化と自由貿易に塗り変わっていくのに、清国だけがいつまでも中世のまどろみのなかで、天を崇拝していられると思っているんだよ。世界は、海も陸もひとつづきなのに」

いつも理解することが難しいトーマスの話だが、この言葉はすんなりと胸に落ちてきた。

本当にそうだと思う。

「トーマスの言うこと、わかる。でも、私の半分も化石なの。もう半分も、もしかしたら王政の時代から抜け出せない欧州の化石なのかも。この夷館区が、一番居心地がいい。狭間の、どちらでもない場所が」

トーマスは目を瞠って、こぶしを握った。

「マリー、使節と戻ったときに話したこと、ちゃんと聞いていた？　ナポレオンは失脚して、王政が復活したって。ブルボン朝の王がまたフランスを治めているって。ルイ十八世が」

「覚えているよ。プロヴァンス伯でしょ」

「そう。それに、イギリスも王政はずっと続いていく。工業化と資本主義は、君主を国家元首として仰ぐことに、なんの矛盾もない」

「うん。ありがとう。そういうこといっぱい勉強させてもらったから、やっと自分の居場所を探し当てることができたし、自分が望むものが手に入った。何もかも、トーマスのおかげ。幸せになれた」

トーマスはおそらく、マリーの言うことは理解できないだろう。トーマスの話の半分以上は、マリーには難し過ぎたように。

だが、人生に誤算はつきものだ。

北京と広州を往復した旅の疲れか、マリーは夷館区に戻る少し前から嘔吐を伴う食欲不振と、倦怠感に悩まされていた。

マリーのやつれ方を心配した周囲の人々が、医師を紹介してくれた。診察の結果、妊娠が判明し、マリーは驚愕に己を失いかける。

「だって、私、もう、四十を越えているんですよ。どうして妊娠するんですか」

「高齢だからといって、完全に閉経しない限り、妊娠しないということはありません。受胎した時期に心当たりがあれば、出産の日付を計算することができます」

マリーが独身のパティシエールであることを知っている医師は、事務的に説明する。

「堕胎は可能ですが、母胎にも命の危険があります。三ヶ月めに入っているようなので、決断は急がねばなりません」

医師はカトリック教徒にはあるまじき堕胎を、極めて冷静に勧めてきた。だが、カトリックであろうとプロテスタントであろうと、堕胎は母親はもちろん、処置を施した者も同様に刑罰を受ける罪である。

だが、この狭間の地では、望まれない子をその腹に宿す女たちは多く、そして減ることはない。医師は彼自身の宗教的倫理観と現実を切り離して、この地で生きなくてはならない女たちの需要をこなしてきたのだろう。

マリーは外側にはまだ何の変化も見られない腹に手を当てた。

――ここにリンロンの子が宿っている――

カトリック教徒としての倫理観よりも先に、体が火照るような喜びが湧き上がる。受胎を告知されたときの驚きと迷いはすでに消え去り、ただ一度の契りで授かった我が子の誕生と未来で、頭がいっぱいになる。

「堕胎はしません。私はこの子を産みます」

もう大丈夫だろうと思って、自分に素直になり、最後に一度だけでいい。どうか奇蹟が起こりますように、と賭けに出て、奇蹟が起こり、永璘と結ばれるという長年の願いが叶った。

そして、天涯孤独の自分にも家族ができるという、とうにあきらめていた夢。

立て続けの奇蹟に、マリーは戸惑い、不安と喜びとわずかな罪の意識に、しばらくは日々振り回される。

身寄りのいない独身女性に対する医者の配慮はともかく、堕胎という選択肢ははじめからマリーにはなかった。

ひとりで生きていくと決めたので、それなりの財産は築いていた。もう五年もこの町に住んでいるので、頼りにできる友人はいる。だから、子どもが生まれても一人で育てていけるだろうし、子どもに残してやれるものはある。

だが、やはり自分の年齢で初産は危険過ぎる。それに、父親に黙っているのも申し訳ない。

マリーはもしものときを考えて、和孝公主に援助を願い出た。

仔細を伝えられた和孝公主は、すぐに行動に出た。マリーをよく知る腹心の侍女と太監を寄越してくれたのだ。侍女は現地で産婆と下女を手配し、高齢で出産することになったマリーの生活に負担がかからないように手を尽くした。

月が満ちて、マリーは小さな女の子を産み落とした。

安産だったのか、難産だったのか、初めてであったし他者の出産に立ち会ったことのないマリーにはわからない。ただ赤ん坊の産声が聞こえたときは、喜びを感じる間もなく、ふっつりと意識を失ってしまった。

マリーは娘の黄色みの強い肌、赤子にしては鼻梁が立ち上がってはいるが、目頭の閉じた厚いまぶたと、生まれつきふさふさとした黒い髪を撫で、嬉しそうに微笑んだ。

「連れて行ってください」

「本当に、いいのですか」

和孝公主の侍女は念を押す。

「そばに置いておくほど、情が移るといいます。いまだって、顔を見てしまったらもう愛しくて、未練で心が引き裂かれそうです」

産婆は反対した。

「普通はそうだが、生まれてすぐの赤ん坊に、ここから北京への旅なんかできん。せめて首が据わり、できれば乳離れするまでは、親元で養ってやらねば」

和孝公主の侍女も、産婆に同調した。

「乳母の手配はできていますが、こんな小さな赤ん坊に、二ヶ月ものあいだ馬車に揺られて、途中で盗賊が出るかもしれない旅は無理ですよ。趙小姐。せめて首が据わるまでは、ここで養いましょう」

そうするとつらいのは自分だけだ。いま自分がつらくなるのを断ち切るために、娘と和孝公主の侍女に負担をかけるのは、わがままに過ぎる。

思った通り、乳を含ませ、毎日抱いてあやしているうちに、離れがたくなってきた。

赤ん坊のうちは名前をつけない清国の習慣はともかく、マリーは自分の娘をアンヌと呼んだ。

もしかしたら、顔立ちや瞳の色に変化が現れるかもしれない。マリーが生まれたときは、髪は薄く、瞳は青みがかった灰色だったと母は言っていた。成長するにつれて、瞳も髪も、肌の色も濃くなっていったのだと。

マリーは、赤子が東洋人により近い容姿であれば、永璘に託そうと決めていた。母親が四十を過ぎていては、子どもが成長したときは老婆としか見えないだろう。娘が成人するまで、生きてはいられないかもしれない。和孝公主を後見として慶郡王府に預ければ、少なくとも混血で未婚の母の子だと、世間から蔑まれることはない。

もしも西洋人の特徴がよりはっきりとしていたのなら、どこで生きて行くにも苦労をするであろうから、覚悟を決めて自分で育てることに決めていた。

だから、娘が永璘に似ていたことで心からほっとし、神に感謝した。未練を断ち切り、手放した方が娘は幸せになれると安堵した。

誰もが同じ考えだった。永璘も、和孝公主も、そして迎えに来た公主の侍女も。

欧州では、未婚の母から生まれた子どもを、人間として扱わない。一生まともな職につけず、悪魔の誘惑から生まれたことを差別する。

清国では、西洋人の血を受けた子どもを決して受け容れない。その風潮（ふうちょう）は嘉慶帝の政策によって、これからさらにひどくなるだろう。

産後の回復にとても時間がかかったことも、公主の侍女がそばにいてくれたことが、とても助かった。体力仕事のパティシエールと、健康なのを自慢にさえしてきたが、その体力を恃（たの）んで過信し、無理を重ねてきたせいもあるのだろう。

起き上がって自分のことが自分でできるようになるまで、一ヶ月もかかってしまった。

五ヶ月が過ぎた。

赤子の首は据わり、母と乳母の両方から乳を得てふくふくと丈夫に育っていた。別れの日が近づく。

マリーは自分の守り袋を開いて、中身を並べた。銀の鎖と銀のメダリヨン。ルビーの指輪と翡翠の板指（バンジー）。マリーはメダリヨンから鎖を外し、板指とルビーの指輪に通した。

ルビーの指輪に刻まれているのは、マリーのイニシャルではない。だが、両親の絆の証と、形見として残せるものは、このふたつしかなかった。少なくとも、清国の父のもとで育てば、娘は私生児の扱いは受けないのだから。

マリーはメダリヨンを横に置き、鎖に通された二つの指輪を守り袋に戻して、娘の首にかけた。そしてその淡い色の額に口づけし、頬ずりをする。

よく晴れた秋の日、マリーの娘は父の元で育てられるために、北へと旅立っていった。

広州の夷館区の一角で、洋菓子と甜心を扱うパティスリーを、一人で切り盛りするマリーの日常は忙しい。

ふた月に一度、北京から書簡が届く。

送り主は和孝公主だが、必ず二、三枚の赤ん坊の絵が同封されている。墨絵だけのもあれば、彩色されているのもある。

マリーは余らせた菓子を大きな籠に入れて、区内の教会へ行く。教会では行き場のない孤児の世話が待っている。お菓子が足りない日は、イエス・キリストがそうしたように、お菓子を丁寧に分けて食べさせる。

路地に捨てられる赤ん坊は、たいてい娼婦が身籠もってしまった西洋人との子だ。宣教師が拾ってきて洗礼を施し、そのまま息を引き取れば埋葬し、山羊の乳で育つようならば、孤児院で育てられる。

いまでは、マリーもまた、かれらと同じような境遇の生まれで、同じような育ちだと誰もが思っている。だが、そのことで彼女を蔑む者はいない。マリーのパティスリーは、西洋人の客も清国人の客も来て、ほぼ毎日売り切れるほどだ。

お菓子を食べることより、作ることに興味を持つ子どもがいたら、引き取って徒弟にしたいとは、教会の宣教師には伝えてある。だが、そういう子どもはなかなかいないようだ。娘はそろそろ三歳になっただろうか。無事に育っているだろうか。劣悪な環境でも生き抜く幼子もいれば、裕福な家に生まれても健康に成長できるとは限らない。

マリーにできるのは、ただ祈ること。

初夏から緑の濃い盛夏に移り変わるころ、北京から書簡が届く。

父親の手による娘の似顔絵を愉しみに、マリーはいつもより分厚く、もこもことした手触りの包みを開いた。

中には濃藍の旗と幟が一枚ずつ折り畳まれていた。縁取りは濃いオレンジ色で、旗には金の糸で『慶親王府　洋式甜心』と筆文字で刺繍されていた。

「え？　リンロン、とうとう親王におなりになったの！　おめでとうございます」

マリーは旗を抱きしめて飛び跳ねそうになる。もう一つ、布張りの厚い紙には、マリーのフルネームに添えて『慶親王府的初代糕點師』と濃い墨で書かれ、赤い印が捺してあった。

「これ、すごい。使い道がわからないけど。ものすごく嬉しい」

包みの中には、もうひとつ封筒があった。やっと娘の似顔絵が見られると、マリーは旗と認可証を脇に置いた。三歳になったら、名前がもらえるはず。心の中では、フランス名のアンヌと呼んでいたのだが、これからは永璘がつけてくれた名前で呼ぼう。二度と会うことがないとしても。

マリーは封書を開いた。

「マリーへ
哀しいお知らせです。

十七お兄さまは、三月のはじめにお倒れになり、重篤な状態が続きました。

皇上は十七お兄さまを親王に進封されましたが、回復されることなく同月十三日に薨去なされました。

この親王旗と認可証は、兄さまがいつか親王に進封したらマリーに届けるために、私にこっそり作らせていたものです。十七お兄さまの御遺言として、いまここに贈ります。

阿寧は無事に三歳の誕生日を迎えました。我が家に引き取って育てています。

大事に育てさせてもらいます。

師姉のご健康とご多幸を心より祈っています。

あなたの妹。和孝」

マリーは和孝の手紙を握り締め、親王旗を抱きしめて、叫び出したい衝動を堪えて唸り声を漏らす。涙で親王旗が汚れたらいけないと思い、襟を開いて旗を懐にしまいこみ、きつく抱きしめた。

ぽろぽろとこぼれ落ちる涙は、胸の前で重ねた腕に落ち、袖を濡らす。

「なんで、なんで私より先に死んじゃうの。まだ、阿寧はあんなに小さいのに。どうしてよ」

ふたりとも白髪になるころには、もしかしたらもう一度くらい会えるかもしれない。成長した阿寧に、母だと名乗れるかもしれない。

そんな夢想も、もうするだけ無駄だ。

マリーは懐に入れた親王旗を抱きしめ、ふらふらと波止場へと向かう。

波止場にしゃがみ込み、波の音に泣き声を隠し、清国の仏教徒が信じる西方浄土なる方角へ「どうしてよ、なんでよ」とつぶやき続けた。


太陽が西に傾き、水平線にかかるころ、マリーはよろよろと二階を住居としているパティスリーへと戻った。

キャラメルにも似た砂糖の甘い香りに鼻をくすぐられ、地面を見つめて歩いていたマリーは顔を上げた。

誰もいないはずのパティスリーの軒には、橙色の灯を投げかけるランタンが下がっている。

訃報の衝撃と悲しみのあまり、マリーは扉を開け放したまま外へ出てしまったようだ。菓子を焼く甘い香りは、マリーの家から漂ってくる。

空き巣でもなさそうだと、マリーは不審に思いつつ厨房へと足を踏み入れた。

中では三人の子どもたちが、オーブンの前に並べた砂時計とにらめっこをしていた。

「ちゃんと焼けるかな」

不安げにつぶやくのは孤児院でマリーに懐いている女児の花杏だ。年齢は、体つきと話し方から、七つ前後と思われる。

「マリーはいつもこうやってビスキュイを焼いているんだ。うまくいくさ」

そう応えたのは、もっとも年嵩のジョーだ。十二歳という話だが、これも生年が特定できるわけではなく、教会で保護されたときは立ち歩きを始めていたことから、その日を誕生日として今年で十一年めになる。

ジョーと花杏に挟まれているのは十歳くらいの男児で、小麦粉にまみれた白い手で頬と鼻をこすっている。

頻繁にパティスリーをのぞきに来る少年だが、マリーが教会にお菓子を持っていても、近寄ってくることはない。口を利いたこともないためか、すぐには名前を思い出せなかった。

「お菓子を焼いているの?」

背後から声をかけられた三人の子どもたちは、驚いて飛び上がった。男児は花杏にぶつかり、花杏は尻餅をつく。どこかで見たような光景だと、マリーは口元が震えた。

ジョーが決まり悪げに耳の後ろをかきつつ、勝手に厨房に入り込んだことを謝った。

「いたずらしに入ったわけじゃない。もちろん、盗みをするためでもない」

傍らの子どもたちに援護を求めて目配せをしたものの、ふたりとも黙っている。ジョーは仕方なさそうに続けた。

「マリーがひとりで泣いてる。どうしたらいいか、って花杏がいうから」

ジョーはそこで口ごもってしまった。真ん中の男子が意を決したかのように、真剣な目つきであとを続けた。

「甘いお菓子を食べると、元気が出てしあわせな気持ちになるって、マリーいつも言ってるだろ」

声を聞いてようやく、マリーはこの顔と手を粉まみれにした男児の名前を思い出した。

マリーは作業台に目をやった。粉だらけの作業台には、出しっ放しの砂糖とジャムの壺。床も粉だらけだ。踏み砕かれた卵の殻も、そこここに散らばっている。

「ジャンが生地を練ったのね」

ジャンは唇をまっすぐに引き結んで、何も言わない。謝ったのは、年長者の責任を感じたらしきジョーだった。

「粉とか、勝手に出してごめんなさい」

マリーは作業台の惨状から、ジャンが何を作ろうとしていたのか、まったく想像できずにいた。厨房を荒らした子どもたちを前に、どう対応していいかもわからない。

無断でよその店や家に入って、厨房をいじり回すことは叱責されるべきことではあるが、相手は知った子どもたちであるし、悪意があったわけではなさそうだ。

「あ、砂がぜんぶ落ちた」

気まずい沈黙を破ったのは、花杏であった。皆の注意をオーブンに戻す。鉄の扉に手を伸ばすジャンを、マリーが引き留めた。

「熱くて危ないよ」

マリーはミトンを出して両手にはめ、オーブンの扉を開けた。中から平べったい煎餅状の何かを載せた鉄板を引きだし、作業台に置く。

子どもたちの顔は、失望の一色だ。平べったいだけではなく、表面も黒く焦げており、いつもマリーが孤児院に持って行くビスキュイやガトーとは、似ても似つかない。

「何を入れたの？」

子どもたちは顔を見合わせ、ジャンがぼそぼそと答える。

「小麦粉と砂糖と、何かのジャムと、卵」

重曹は使わなかったもようだ。卵も泡立てる工程は、飛ばしたと思われる。表面の黒焦げは、ジャムの変わり果てた姿か。

「分量は計った？」

「そこにある鉢を使った。マリーがいつも使っているやつ。牛乳も入れたかったけど、見つからなかったから」

マリーが菓子作りに使う道具は、一通り作業台の上に出ている。ジャンは、マリーがお菓子を焼く時間になると集まってくる子どものひとりだが、道具や手順についても観察していたらしい。

「牛乳は腐るのが早いから、朝のうちに使い切るようにしているの」

泣きはらした目を、再びこすってから、マリーは三人に笑いかけた。

「今夜はジャンたちが私にお菓子を作ってくれたのね。嬉しい。せっかくだもの。みんなでお茶にしましょうか」

マリーは湯を沸かし、紅茶を用意して店のテーブルに並べた。粗熱の取れた煎餅状のビスキュイ未満を鉄板から剝がし取り、適当な大きさに砕いて平皿に盛る。

マリーに叱られないとわかった子どもたちは、おどおどしながらも、テーブルの周りについて、紅茶のカップに両手を添える。

最初に焼きすぎた煎餅状のかけらを口にしたマリーは、にこりと笑った。

「火は通っているし、ガレットの起源はこんな感じだったのかしら」

子どもたちも煎餅のかけらを手に取り、ガリガリと音を立てて食べた。

「あなたたち、お菓子を作れるようになりたい？」

マリーは三人に訊ねる。真っ先に答えたのは、ジョーだ。

「俺は、食べるのは好きだけど」

日焼けした顔で応える。すでに港で荷役の仕事で日銭を稼いでいるジョーは、屋内で菓子を焼く作業に興味はなさそうだ。

「わかんない。でも、自分で作れたら、欲しいときに食べられる？」

と花杏。マリーは思わず噴き出した。

「オーブンや厨房の設備を整えたり、材料を買うのにお金がいるからね。自分のためだけにお菓子を作るのは、長続きしないんじゃないかな」

一般家庭の台所には、お菓子を焼けるような設備はない。だからこそ、パティシエが職人として生計を立てられるのだ。

七つかそこらの花杏には、難し過ぎたようだ。鼻に皺を寄せ、難しい顔で苦くて甘いガレットをかみ砕いている。

「おれも、よくわからないけど、マリーがやっていることは楽しそう。それでお菓子が作れて、みんなも喜んでいるから、作れるようになりたい」

ジャンが自分の考えをかみ砕くようにして言った。

マリーはこの小さな少年が、若くして死んだ婚約者と同じ名前であることを思った。

ジャンなんて、ありふれた名前だ。パリの街角でマリーという名前を叫べば、道を行く半分の婦人や少女が振り返るのと同じくらいに。

「お菓子作りを一生の仕事とする職人のことを、パティシエというのよ。ジャンが興味あるのなら、厨房の手伝いにいらっしゃい。それで本当にお菓子作りが好きだとわかったら、私に弟子入りするといいよ」

「弟子入り？」

名指しされたジャンは、きょろきょろとジョーや花杏の顔を見比べ、戸惑いの視線をマリーに向けた。

「パティシエは力仕事よ。港の荷役並みに重い砂糖や小麦粉の袋を、毎日運ばないといけないし、何十個というパンの生地を毎日練るのは、とてつもない腕力がいるの」

マリーは笑いながら袖をまくり上げると、中年を過ぎた女性には見られない、引き締まった腕を突き出して子どもたちに見せつける。

ジョーが感心の短い口笛を吹き、ジャンは口を薄く開いてマリーの腕を見つめた。

「教えてくれるなら、やる」

「じゃあ、明日からおいで」

マリーは朝食のためにとっておいたクロワッサンを、三人の子どもたちに渡した。孤児院では、夕食の時間は過ぎている。他に食べるものがなければ、子どもたちは朝まで空腹でいなくてはならない。

子どもたちの小さな背中を見送ってから、マリーはパティスリーの内装を見回した。マリーが生きていくための自分の城。自分が生きた証を、誰かに残すことができるだろうか。マリーの生きてきた歳月が、幻でも無駄でもなかったことを知るのは、まだ早すぎるのかも知れない。

つい数時間前まで、マリーの胸を染めていた絶望という名の闇に、灯火をもたらした子どもたち。我が子は遠い北京で健やかに育っている。母親として負けていられない。

マリーは作業台をきれいに拭き上げると、慶親王府の旗と幟を広げた。

どこに飾ろうか。

いつも見上げることができて、そしてマリーを見守る永璘の眼差(まなざ)しを感じられる場所。

煤(すす)や埃のかからないところ。


慶親王府のお抱えパティシエール・マリーの物語は、まだ終わらない。

親王殿下（しんのうでんか）のパティシエール❽ パリの糕點師（がおでぃあんしー）

著者　篠原悠希（しのはらゆうき）

2023年 8月18日第一刷発行

発行者　角川春樹

発行所　株式会社角川春樹事務所
〒102-0074 東京都千代田区九段南2-1-30 イタリア文化会館

電話　03(3263)5247(編集)
03(3263)5881(営業)

印刷・製本　中央精版印刷株式会社

フォーマット・デザイン　芦澤泰偉
表紙イラストレーション　門坂 流

ISBN978-4-7584-4585-6 C0193 ©2023 Shinohara Yuki Printed in Japan
http://www.kadokawaharuki.co.jp/［営業］
fanmail@kadokawaharuki.co.jp［編集］　ご意見・ご感想をお寄せください。